倉阪鬼一郎

しあわせ重ね
人情料理わん屋

実業之日本社

JN153745

実業之日本社文庫

しあわせ重ね　人情料理わん屋　目次

しあわせ重ね　人情料理わん屋

第一章　江戸雑煮

一

江戸の空に白い凧《たこ》が舞っている。

目を凝らすと、龍、という勇ましい字が見えた。

浅草《あさくさ》の観音様は、初詣客で常にも増してにぎわっていた。

そのなかに、わん屋のあるじの真造《しんぞう》と、おかみのおみねの姿があった。

例年なら、あきない繁盛と家内安全を願うくらいだが、今年は違った。

(どうか、ややこが無事生まれてきますように……)

口には出さないが、真造もおみねも同じ願いごとをした。

おみねのおなかには、待望のややこが宿っていた。初鰹《はつがつお》に江戸の民が狂奔し、その値《あたい》がだんだん落ち着いてくる五月あたりに生まれてくるだろうという産婆の見立てだ。

腕のいい産婆と、もしものときの医者の手筈《てはず》はついている。あとはしっかり食べて精をつけて、転んだりしないように日々気をつけながら過ごし、丈夫なややこを産むばかりだ。

「いつもより長かったわね」

お参りを終えたあと、おみねが言った。

「お願いすることがたんとあったからな」

真造は笑みを浮かべて答えた。

「どこかで一服していく？」

おみねがたずねる。

「そうだな。門前の見世《みせ》はどこもやってるから」

真造は答えた。

「うちと違って、お正月から大変ね」

おみねが言う。

「そりゃあ、浅草寺《せんそうじ》の門前は書き入れ時だから」

二人は仲見世から門前のほうへゆっくりと歩いていった。

真造とおみねは、通油町《とおりあぶらちょう》でわん屋という見世をいとなんでいる。元は「わん」という名だったのだが、いま少し重みがあったほうがいいということで「屋」をつけた。

通油町を両国橋《りょうごくばし》のほうへ進むと、だんだんに旅籠《はたご》が増えてくる。旅籠に泊まる客などに料理を出す見世もちらほらと増える。

わん屋はそのなかの一軒だ。脇道の見過ごされそうなところに軒行灯《のきあんどん》が出ている。

中食《ちゅうじき》の膳と、二幕目の酒の肴《さかな》。いずれも筋のいい料理を出す見世だが、一風変わったところもあった。江戸広しといえども、こんな見世はほかにないだろう。

わん屋では、その名のとおり、すべての料理が円い「わん」に盛られて客に供されるのだ。

木の椀《わん》と、陶器の碗《わん》。さらには竹細工やぎやまんの器に至るまで、すべての器が円い。

(わん屋の料理をお客さまに召し上がっていただいて、世の中が円くおさまりますように……)

そんな願いをこめての円い器だ。

今年はその願いに、初めてのややこが無事生まれるようにという大きな願いが加わった。心弾む新春だ。

「ほんとは、お寺じゃなくて神社へ行ったほうが良かったかもしれないけど」

おみねが言った。

「兄さんが来てくれるんだから、こちらからどこかの神社へ初詣に行くことはないよ」

真造が笑みを浮かべた。

「わざわざ西ヶ原《にしがはら》村から来ていただいて」

おみねは申し訳なさそうな顔つきになった。

「さすがに、三峯《みつみね》から来ていただくわけにはいかないけどね」

真造は白い歯を見せた。

わん屋をいとなむ二人は、ともに神職の家系だ。

真造は西ヶ原村にある知る人ぞ知る邪気祓《ばら》いの神社、依那古《いなこ》神社の三男だ。いまは長兄の真斎《しんさい》が跡を継いでいる。

一方、おみねは武州の三峯大権現《だいごんげん》の神職の家系だ。父が神官で、真造と同じく跡継ぎの兄がいる。ややこを身ごもったことを知らせる文を送ったところ、両親は大いに喜んでくれた。返しの文によると、めでたく生まれたあかつきには、弟の文佐《ぶんすけ》が名代《みょうだい》で江戸に来る手筈まで整っているらしい。

「あっ、あそこはどうかしら」

おみねが納戸色の渋いのれんを指さした。

おざふに　おしるこ

そんな貼り紙も出ている。

「雑煮と汁粉か。どちらにするかな」

真造が足を止めて言った。

「とりあえず入ってから思案しましょうよ」

おみねが言った。

「そうだな」

相談はすぐまとまった。

わん屋の二人は門前の見世に入った。

二

正月のわん屋は休みだが、雑煮と簡単なおせちはつくった。

「食べ比べてみるか」

小上がりの座敷に座った真造が言った。

「じゃあ、お雑煮で」

おみねがうなずいて、見世のおかみに「お雑煮を二つ」と注文を告げた。

いくらか離れたところに、わらべづれの夫婦が陣取っていた。そちらは汁粉だ。

入っている餅が熱かったらしく、まだ小さいわらべが泣きだしたところだ。顔じゅうを口にしてわんわん泣いている。

「あらあら」

おみねが笑みを浮かべた。

「はいはい、おかあがふうふうしてあげるから」

まだ若い母親がそう言って、餅に息を吹きかけた。

「これくらい食えねえか？」

職人とおぼしい父親が言う。

「そりゃ、わらべだから仕方ないよ」

そんなやり取りを、おみねはほほえましく見守っていた。やがてややこが生まれたら、あんなふうに機嫌を取りながら暮らしていくことになるのだろう。

「お待たせいたしました」

雑煮が来た。

「ありがたく存じます。お正月から大変ですね」

おみねが愛想良く受け取る。

「うちは書き入れ時ですから、ここで気張らないと」

おかみのほおにえくぼが浮かんだ。

雑煮は蓋付きの上品な椀に入っていた。黒い塗椀の蓋を取ると、ふわっといい香りが漂う。

「ここもすましだね」

真造が言った。

白味噌《しろみそ》仕立てのところもあるが、江戸の雑煮はおしなべてすましだ。わん屋の雑煮も鰹節と昆布でだしを取っている。

「それに、焼いた角餅ね。……いただきます」

おみねが軽く両手を合わせてから箸を取った。

上方《かみがた》は丸餅だが、江戸の雑煮は角餅だ。しかも、焼いて香ばしくしてから入れる。

「それに、丸く切った大根と人参《にんじん》」

と、真造。

「きれいに面取りした里芋と、ゆでた小松菜も」

おみねが唄うように和す。

「ああ、おいしいね」

つゆを呑《の》んだ真造が笑みを浮かべた。

「そうそう、これが江戸の味」

おみねも満足げな顔つきになった。

いつのまにか、わらべが泣き止んでいた。

「うまいか？」

父が問う。

母が息を吹きかけてさましてくれた餅を胃の腑《ふ》に落としたわらべは、花のような笑顔になった。

三

依那古神社から真斎がやってきたのは、翌《あく》る二日のことだった。

「悪いね、兄さん、忙しいときに」

真造が言った。

「いや、初詣客が殺到するような神社ではないからね。ひとまず空斎《くうさい》と真沙《しんしゃ》に任せておけば大丈夫だ」

邪気祓いの神社の神官が笑みを浮かべた。

空斎は頼りになる弟子で、末の妹の真沙も物おじしない性分だ。たしかに、任せておけば大丈夫だろう。

「馬はつないでおくだけで平気でしょうか」

おみねがたずねた。

「賢い馬だからね。飼葉を与えてから来たし、水も呑ませたから」

真斎は答えた。

西ヶ原村から通油町まで、神馬《しんめ》の浄雪《じょうせつ》に乗ってやってきた。その名のとおり、真っ白な馬だ。狩衣《かりぎぬ》姿が凛々《りり》しい真斎が白馬に乗って通りかかると、人々はみな息を呑んで見送っていた。

「では、やるべきことをやっておこう。神棚の前へ」

真斎が言った。

「お願いいたします」

おみねが頭を下げた。

身重で遠出はできないため、代わりに真斎が来てくれた。正月にお祓いを受け、わん屋の繁盛とおみねの安産を祈ってもらうという段取りだ。

「酒と米と水はお供えしたんだけれど」

真造が神棚を手で示した。

「ああ、これでいいだろう」

ひとわたり位置をたしかめてから、真斎が言った。

長兄の真斎は依那古神社の宮司、次兄の真次《しんじ》は宮大工の修業が合わずにやめ、いまは椀づくりの職人として腕を磨いている。そして、早くから料理人を志していた三男の真造がわん屋のあるじで、末の妹の真沙が身重のおみねの助っ人として手伝いに来ることになっている。四人きょうだいの仲はいたってむつまじく、助け合うべきときには互いに助け合っていた。

「では、始めよう」

真斎は小気味よく言って、持参した大幣《おおぬさ》を構えた。

神棚の前に正座する真造とおみねの前で大幣を振り、邪気を祓う。

そして、やおら朗々たる声で祝詞《のりと》を唱えはじめた。

高天原《たかまのはら》に神留坐《かむづまりま》す

神魯岐《かむろぎ》神魯美《かむろみ》の命《みこともち》以て……

「天津《あまつ》祝詞」を皮切りに、さまざまな祝詞が唱えられるにつれて、わん屋に清浄の気が満ちていった。

ひとしきり祝詞を唱え、わん屋の繁盛とおみねの安産を祈願すると、真斎は再び大幣を振って神事を終えた。

真造とおみねは深々と頭《こうべ》を垂れた。

四

「ありがたく存じました」

真斎に向かって、おみねがていねいに一礼した。

「簡単なおせちだけれど、食べていってよ」

真造も笑みを浮かべる。

「では、せっかくだから少しだけ。あまり馬を待たせるわけにもいかないが」

依那古神社の宮司は浄雪を気遣った。

おせちは二段重ねだった。

もちろん、どちらも円い重だ。そのうち倹飩箱《けんどんばこ》まで円くしようかという話をしているほどだ。

一段目は彩り豊かで、紅白の蒲鉾《かまぼこ》に加えて、黄色と白が入り乱れた風変わりな玉子焼きがぐるりと円を描くように盛り付けられていた。中のほうには田作りと数の子、さらに、芯のところにつややかな黒豆が盛られている。

「これは何という名前だい？」

玉子焼きを箸でつまんだ真斎がどちらにともなくたずねた。

「巌玉子《いわおたまご》で」

真造が答えた。

「黄身と白身が混ざっているさまを、さまざまな巌に見立てているんです」

おみねが言葉を添える。

「なるほど」

真斎は一つうなずいてから胃の腑に落とした。

「つくり方はちょっと面倒だけど、華やかで味もおいしいから」

真造が笑みを浮かべた。

固ゆでにした玉子の殻を熱いうちにむいて、黄身と白身に取り分ける。黄身には砂糖と塩少々をまぜて味つけをする。白身を粗く刻んで黄身とまぜ、巻き簾《ます》の上に広げてしっかりと巻いて紐《ひも》で両端を留める。これを蒸籠《せいろ》で蒸して、冷ましてから切り分ければ、円い切り口に巌の姿が現れる。

「うん、うまいね」

真斎は満足げにうなずいた。

「お赤飯も召し上がってくださいまし」

おみねが次のお重をすすめた。

赤飯のまわりには、昆布巻きとかすこ鯛の焼き物が互い違いに据えられていた。昆布巻きは二つに切って、円い面を見せている。真鯛の当歳魚のかすこ鯛は、その姿のまま盛り付けられるから寿《ことほ》ぎのお重にはうってつけだ。

「ああ、いただくよ」

真斎は小気味よく箸と口を動かした。

「真沙ちゃんはいつから来られるんです？」

おみねがたずねた。

「明日にはこちらに来ると」

真斎が答えた。

当初はおみねがいよいよお産をする段になってから助っ人に入るという段取りだったのだが、それではばたばたしそうだし、去年の暮れに見習いに来た真沙がわん屋のお運びのつとめを気に入ったらしく、年明けからつとめることになった。中食の膳のお運びにはおちさという娘もいるから、客が立て続けに入っても大丈夫だ。

「仕込みは明日からあるので、それは助かるな」

と、真造。

「実はだな、真斎」

　真斎はいったん箸を置いて続けた。

「年の暮れに、真沙を神社の神官へ嫁がせるという話が持ち上がったんだが、本人が気が進まないようなので沙汰止《さたや》みになってしまった。もう十六だから、のんびりしていたらもらい手がなくなるぞと言っているのだが」

「真沙ちゃんはかわいくて気立てもいいから、案じずとも引く手あまたですよ」

おみねがそう言って酒をついだ。

「兄としては心配なので」

真斎はややあいまいな顔つきで盃を干した。

「それは縁のものだからね、兄さん」

真造は白い歯を見せた。

「そうだな。まあ、なるようになるだろう」

真斎も笑みを浮かべて、昆布巻きに箸を伸ばした。

五

「今年もよろしくお願いします」

真沙がぺこりと頭を下げた。

依那古神社で巫女《みこ》をつとめるときは、髪をうしろに束ねているが、今日はかわいい桃割れに結っている。

「ああ、よろしく」

椀を布で拭きながら、真造が答えた。

「初仕事は地味な拭きものね」

おみねが笑みを浮かべた。

「じゃあ、気をこめてやります」

荷を下ろすと、真沙も器拭きを手伝いはじめた。

椀と碗。それにお盆。すべてが円いわん屋の器や道具を、一つずつていねいに拭いていく。

「ほかの仕込みはこれからですか?」

真沙がたずねた。

「豆も昆布も水につけてあるよ。あとは明日の仕入れ次第で」

手を動かしながら、真造が答えた。

わん屋のだしは、昆布の水だしと鰹節でつくる。北前船《きたまえぶね》と菱垣廻船《ひがきかいせん》に乗って運ばれてきた昆布を水につけ、じっくりと取っただしは、ことのほかうまい。

「いいお魚が入るといいわね」

ぎやまんの器を慎重に拭きながら、おみねが言った。

「あとはお正月らしい赤飯と昆布巻きや田作りなどをお出ししようかと」

「それに刺身か焼きものだね」

わん屋の夫婦が明日の昼の膳について相談していると、外から娘の声が小さく響いてきた。

「あっ、的屋《まとや》のおまきちゃんね」

ありがたく存じました。

またのお越しを……。

おみねが笑みを浮かべた。

「旅籠はお正月休みなんてないんですね」

と、真沙。

「そりゃ、お正月は書き入れ時だから」

おみねが言った。

「ほうぼうから江戸へ初詣に出てくる人がいるからね」

真造も言う。

看板娘のおまきだけではない。おかみのおさだの声も響いてきた。

的屋はすぐ近くの旅籠だ。昨年より、わん屋は夕餉《ゆうげ》の出前や弁当も手がけている。あるじの大造《だいぞう》と、おまきの弟で跡取り息子の大助《だいすけ》、みな身内のようなものだ。

「じゃあ、一段落したらあいさつしてきます」

真沙が明るく言った。

六

「ああ、今年もよろしく」

看板娘のおまきが弾《はじ》けるような笑みを浮かべた。

簪《かんざし》には正月らしい羽子板が飾られている。「寿」と字まで記されたかわいい簪だ。

「今年は当分わん屋に詰めますので、倹飩箱も運ぶかも」

真沙は身ぶりをまじえた。

「重いものはわたしが運ぶよ」

真造が言った。

「おいしい料理をお願いしますよ」

あるじの大造が笑った。

「お弁当も楽しみにしているお客さんがいるので」

おかみのおさだが言う。

「今年はお産があるので、いろいろとご迷惑をおかけすると思いますけど、どうかよしなに」

おみねがそう言って帯に軽く触った。

元日にもあいさつに来たが、ちょうど旅籠の客とかち合ってしまい、ゆっくり話ができなかった。

「なんの。おめでたいかぎりで」

「まあまあ、上がってお茶でも」

　的屋の夫婦がすすめる。

　見たところ、これから出かける客もいなさそうなので、少し油を売っていくことにした。わん屋の面々が座敷に上がると、奥にいた跡取り息子の大助もあいさつに出てきた。

「ようこそのお越しで」

　客に向かうかのように、跡取り息子があいさつしたから、場に和気が漂った。

「わん屋でお運びをするので、どうかよしなに」

　真沙が笑みを浮かべた。

「お見世に寝泊まりするの？」

　おまきが問う。

「うん。小上がりの座敷にお布団を敷いて」

　真沙が身ぶりをまじえて答えた。

「湯屋も近いし、両国橋の西詰へも行けるし」

　おまきが笑顔で言う。

「なら、たまには一緒にお芝居にでも行っといで」

おさだが娘に言った。

両国橋の西詰は江戸でも指折りの繁華な場所で、芝居小屋なども出ている。

「わあ、お芝居なんて観《み》たことない」

真沙の瞳が輝いた。

「うちに詰めていたら、暇なときは暇だろうから、江戸のほうぼうへ行って見聞を広めなさい」

真造は末の妹に言った。

「はいっ」

真沙はまわりが明るくなるような返事をした。

第二章　正月のわん講

一

わん屋の前に、控えめに立て札が出た。
大八車などは入れない脇道だが、邪魔にならぬように、あまり前へは出ない。

ことしもよしなに
ことほぎ膳　赤はん　たひ刺身　おざふに　など
三十食かぎり　五十文

「おっ、やってるぜ」
「いきなりうまそうじゃねえか」

そろいの半纏《はんてん》姿の職人衆が言った。

「三十食かぎりだ。さっそく入ろうぜ」

「おう」

職人衆は勇んでのれんをくぐった。

「いらっしゃいまし」

真沙がまず声を発した。

「今年もよしなにお願いします」

おみねも負けじといい声を響かせる。

「空いているお席へどうぞ」

おちさが身ぶりをまじえて言った。

「正月からきれいどころがそろって重畳《ちょうじょう》だぜ」

「眼福《がんぷく》、眼福」

「せっかくだから、一枚板の席を取っちまおうぜ」

職人衆は奥へ進んだ。

間口は狭いが、存外に奥行きのある見世だ。小上がりの座敷には縄のれんが吊るされているから落ち着く。貸し切りにすれば祝いの宴も開くことができる。

その小上がりの座敷に一番乗りを果たしたのは、二人の武家だった。

「まあ、柿崎《かきざき》さま。今年もよしなに」

おみねの声が弾む。

「初日は中食の膳を食おうと思ってな」

無精髭《ひげ》を生やした武家の顔がほころぶ。

柿崎隼人《はやと》は近くの道場で師範代をつとめている。折にふれて門人とともにのれんをくぐってくれるから、わん屋にとってはありがたい常連客だ。

「いい鯛が入ってますので」

真沙が物おじせずに言う。

「それは楽しみだ」

「また目が回りそうな膳だな？」

門人が笑みを浮かべた。

「もう回ってまさ」

「膳も器もみんな円いもんで」

一枚板の席から職人衆が言った。

わん屋の料理を楽しむことにかけては、武家も町人も変わりがない。

中食の膳は、円いお盆に載せて運ばれる。今日は赤飯が木の椀につんもりと盛られている。ささげがたっぷり入った赤飯だ。

鯛《たい》の刺身は瀬戸物の円皿で、あしらいの千切り大根と若布《わかめ》と山葵《わさび》が島の趣で真ん中に据えられている。そこへ向かって鯛の切り身が泳いでいくかのような楽しい盛り付けだ。

いくらか小ぶりで青い色合いの皿には、昆布巻きが盛られている。円い切り口を上に向けているから、たしかに目が回りそうだ。

「餅だけは四角いんだな？」

職人衆の一人が箸で角餅をつまんだ。

「丸餅にしようかとも思ったんですが、江戸は角餅ですからね」

真造が笑って答える。

「そこまで円くするこたぁねえやね」

「そうそう。ほんとに目が回っちまう」

「けど、うめえな。ただの雑煮なのによ」

「わん屋のだしは深《ふけ》えんだ」

職人衆は上機嫌だった。

そうこうしているうちに、客は次々に入ってきた。

「おあと、四名様」

おみねの声が響く。

「いらっしゃいまし」

「お座敷へどうぞ」

おちさと真沙が新たな客をさばく。

「おお、うまかったぜ」

「正月から幸先がいいや」

職人衆が腰を上げた。

「ありがたく存じました」

真造がすかさず礼を言う。

去る客と入る客、それぞれが入り乱れるなか、膳の残りも頭に入れておかなければならない。新たな客の案内と、出る客の勘定もあるから、合戦場《かっせんば》のような忙しさになる。

「あと六膳」

真造が厨《くりや》から大声を張り上げた。

「はいよ」

おみねがいち早く動き、表へ出る。

待っていた客を数え、間違いなく回るところで切る。

「相済みません。こちらで売り切れで」

おみねは身ぶりをまじえて言った。

「おお、間に合ったぜ」

滑り込みで膳にありついた客が声をあげた。

「正月早々から、あぶれかよ」

「遅く来たおれらが悪いんだけどよ」

目の前で切られてしまった大工衆が言う。

「まことに相済みません。またのお越しを」

おみねはすまなそうに告げた。

「いいってことよ」

「おなかのややこに免じて許してやらあ」

「また来るからよ」

気のいい大工衆はそう言ってよそへ回っていった。

中食うりきれました
またのおこしをお待ちしてをります
わん屋

立て札を目立つところに出すと、おみねはほっと一つ息をついた。

二

中食が終わると、短い中休みを経て二幕目が始まる。真造が腕によりをかけてつくった料理を肴に、じっくりと腰を据えて呑む常連も多い。

初日とあって、新年のあいさつがてら、わん屋の常連が次々にのれんをくぐってきてくれた。

まずは通《とおり》二丁目の塗物問屋、大黒屋《だいこくや》の隠居の七兵衛《しちべえ》と、お付きの手代《てだい》の巳之吉《みのきち》だ。

質のいい塗物を扱う大黒屋からは、わん屋もとりどりの椀を仕入れている。隠居とはいえ、わん屋を含むほうぼうの得意先を回ってあきないをしている。足腰はしっかりしているし、血色もいい。なにより知恵が回る。わん屋にとってみればありがたい知恵袋だ。

「おお、まずはおせちだね」

七兵衛が笑みを浮かべて田作りに箸を伸ばした。

甘みを抑えた上品な味で、妙にあとを引く。むろん酒の肴にもいい。

「ほかに、鰤《ぶり》なども入っておりますので、何なりとお申し付けくださいまし」

真造が言った。

「寒鰤だね」

大黒屋の隠居の顔がほころぶ。

「はい。脂ののった寒鰤で、煮て良し、焼いて良しです」

真造も白い歯を見せた。

「では、鰤大根もいいが、照り焼きでいいか？」

隠居は手代に訊《き》いた。

「それはもう、大旦那さまにお任せで」

巳之吉はあわてて言った。

これも修業のうちだと、お付きの者は外で待たせておく商家のあるじや隠居もいるが、わん屋の客は例外なく同じものを食べながら話をする。

「では、照り焼きをおつくりします」

真造はさっそく手を動かしはじめた。

わん屋は珍しい開き厨だ。奥の厨でつくった料理を、すぐ一枚板の席の客に出せる。

つくりたてを出せるのが強みだ。天麩羅《てんぷら》などは常に揚げたてのものを出すことができる。

客もあつあつの料理を食べられるし、あるじの仕事ぶりを見て目でも楽しめる。そのうち、仕事を終えた植木の職人衆が来て、小上がりの座敷に陣取った。そちらからも寒鰤の照り焼きを所望する声があがったから、たちまち厨は大忙しになった。

脂の乗った寒鰤の切り身をほどよく醬油《しょうゆ》につけてから焼く。こうすれば、たれののりが良くなってさらに風味が増す。

二本の串を打ち、回しながら焼いていく。六分ほど火が通ったところでたれをかけ、団扇《うちわ》であおいで煙を逃がしながらこんがりと焼く。

たれは酒と味醂《みりん》と醤油でつくる。わん屋では、焼き葱《ねぎ》と焼き椎茸《しいたけ》を加えて、ことことと煮詰める。香味野菜を加えると、格段に深い味わいのたれになる。

「はい、お待ちどおさまでございます」

大黒屋の主従に、真造は照り焼きを出した。

瀬戸物の円い皿だ。釉薬《うわぐすり》のかかり具合に枯淡の味わいがある。

「ああ、これはまたいい按配《あんばい》だね」

隠居の顔に満足げな笑みが浮かんだ。

「おいしゅうございます」

手代も和す。

「ほんの少し焦げているところが、また香ばしくていいよ」

七兵衛が言った。

「そのあたりの加減が難しいです」

真造がそう答えたとき、入口のほうでおみねの声が響いた。

「まあ、お義兄《にい》さん、今年もよろしゅうお願いいたします」

その言葉で分かった。

長兄の真斎とは二日前に会っている。となれば、残るは次兄の真次だ。

果たして、椀づくりの修業中の真次が、親方の太平《たへい》とともに入ってきた。

同じ木の椀でも、大黒屋が扱う塗物と違って、木目を活《い》かした素朴な味わいのある椀をつくっている。

「ご隠居さん、今年もわん講でよしなに」

親方がまず七兵衛に頭を下げた。

「こちらこそ。いろいろ張り切ってやりましょうや」

大黒屋の七兵衛が笑顔で答えた。

「今年もうまいものを食わせてくれよ、真造」

宮大工から椀づくりに転身した真次が、一枚板の席に腰を下ろす。

「承知で」

真造は小気味よく二の腕をたたいてみせた。

三

中食の膳には鯛の刺身を出したが、二幕目には親方の所望であら煮をつくった。

「正月からあら煮とは、始末がいいですね」

真次が笑みを浮かべる。

「そりゃ倹約もしねえとな。なにより、鯛のあら煮は酒の肴にぴったりだ」

親方の太平が言った。

「一緒に炊きこんだ牛蒡《ごぼう》も味がしみてうまいからね」

同じ一枚板の席に陣取ることになった七兵衛が言う。

「わん屋の料理は、どれもていねいにつくってますから」

椀づくりの親方は笑みを浮かべた。

「ところで、十五日のわん講は手筈どおりに？」

真造がたずねた。

「都合が悪くなったらうちに知らせが入る手筈だが、いまのところはみな大丈夫そうだね」

七兵衛が答えた。

「うちも大丈夫ですんで」

椀づくりの親方が言った。

「では、十五日の二幕目は座敷の半分を貸し切りにいたしましょう」

真造が言った。

「そうだね。ここにはとても入りきらないから」

大黒屋の隠居が一枚板を手でぽんとたたいた。

「では、前と同じように衝立《ついたて》を入れましょう」

座敷の客に酒を出してきたおみねが言った。

「そうだね。今年はわん講の面々でいろいろやりたいから、まずは相談だ」

七兵衛が言った。

わん講はわん屋から生まれた集まりだ。

わん、と呼ばれるものはあまたある。木の椀でも、大黒屋が扱う塗物もあれば、真次が修業中の木彫りの椀もある。

碗は陶器だ。わん講に入っているのは住吉町《すみよしちょう》の瀬戸物問屋、美濃屋《みのや》のあるじの正作《しょうさく》だった。飯を盛る碗や丼から、蒸し物に使える蓋付きの茶碗や大小の皿まで、とりどりの品をわん屋におろしてくれている。むろん、どの品も円い。

涼しげなぎやまんの器もある。ぎやまん唐物《からもの》をあきなう千鳥屋幸之助《ちどりやこうのすけ》もわん講に加わっていた。

「丑之助《うしのすけ》さんには兄から伝えてありますので」

肴を運び終えたおちさが言った。

二幕目は習いごとでいない日もあるが、今日は真沙とともに手伝いを続けている。

おちさの兄の富松《とみまつ》は竹の箸づくりの職人だ。竹つながりで、同じ長屋には竹細工の職人の丑之助という男が住んでいる。竹を巧みに網代《あじろ》に編んで蒸籠や弁当箱などをつくる。わんではないものの、同じ円い器だし、おちさの縁もあってわん講に加わっていた。

「そうかい。なら、頭数はそろいそうだね」

隠居が言った。

「ほかにも、盥《たらい》とか桶《おけ》とかも円いです、大旦那さま」

手代の巳之吉が屈託のない表情で言った。

「盥うどんなどはお出しできるでしょう」

真造がすぐさま言った。

「夏はいいかも」

と、おみね。

「冬でも釜揚げのあつあつで出せるよ。いろいろ薬味を添えればうまそうだ」

真造が乗り気で言った。

「桶飯などはさすがに無理そうだね」

七兵衛がそんなことを口走ったから、わん屋に笑いがわいた。

「では、そういうことで、わん講では料理も腕によりをかけてお出ししますよ」

真造が二の腕をぽんとたたいた。

「そりゃ楽しみだ」

塗物問屋の隠居の顔がほころんだ。

四

十五日になった。

これまでは一日に催していたのだが、正月にかぎって十五日に行うことに話が決まったのだった。

今回は新たな顔が加わった。塗物問屋の隠居が連れてきた盆づくりの職人の松《まつ》蔵《ぞう》という男だった。

「椀ではないんですが、ご隠居さんからお誘いを受けたもので」

浅黒い顔をした渋い男前の職人が腰を低くして言った。

「なに、この際、円けりゃ何でもいいさ」

七兵衛が笑みを浮かべる。

「ようこそのお越しで」

おみねが茶を運んでいった。

「あ、その盆もおいらがつくった品で」

松蔵が指さした。

「さようでしたか。使い勝手が良くて、重宝しております」

おみねは如才なく答えた。

そうこうしているうちに、わん講に加わっている者が次々に姿を現した。

「本年もくれぐれもよしなにお願いいたします。これはつまらぬあきない物ですが」

そう言って風呂敷包みをかざしたのは、唐物ぎやまん処《どころ》、千鳥屋のあるじの幸之助だった。

目がくりくりしたお付きの手代の善造《ぜんぞう》を従えている。

「お気遣い、ありがたく存じます」

おみねが頭を下げる。

「うちは日の出を表した染め分けの塗椀を持ってきたんだが、千鳥屋さんは何だい？」

七兵衛が問うた。

「あまり重くない物を持ってまいりました。開けてみましょう」

幸之助がそう言って包みを解いた。

「わあ」

中から現れたものを見て、真沙が声をあげた。

円いぎやまんの小皿だった。切子《きりこ》模様が入った涼やかな品だ。

「お刺身などにちょうど良さそうです」

おみねが笑みを浮かべた。

「醬油や煎《い》り酒をつげば、いい按配になりそうだね」

隠居も温顔で言った。

続いて、美濃屋の正作が手代の信太《しんた》をつれてのれんをくぐってきた。

こちらの手土産《てみやげ》は猪口《ちょこ》だった。正月らしく、独楽《こま》をかたどった彩り豊かな猪口だ。

「回そうと思えば回るんですよ」

瀬戸物屋のあるじはそう言って、器用な指さばきで猪口を回してみせた。

「すごいですね」

真沙の瞳が輝く。

そこへ、おちさの兄の富松と、その友の丑之助が姿を現した。

「おいらだけ、わんと関わりがなくてすまねえこって」

箸づくりの職人が言う。

「なに、飯の椀に箸は付き物だから」

隠居が笑って言った。

竹細工の職人の丑之助の土産は、円い籠だった。

「紙を敷きゃ、天麩羅なんぞを盛れましょう」

丑之助が言った。

「海老天《えびてん》などが映えそうですね」

おちさが指さす。

「そう言われたら、食いたくなるじゃねえか」

兄の富松が言った。

「なら、厨に伝えてきましょう。海老も入っていますから」

おみねがすぐさま言った。

最後に来たのは、椀づくりの親方の太平と、真造の次兄の真次だった。

「遅くなりまして。一つだけですが、手土産で」

親方がそう言うと、弟子の真次が風呂敷を解いた。

「ほう、これは見事だね」

隠居がまず嘆声をあげた。

「木目がことのほか美しいです」

千鳥屋幸之助が言う。

「浅い大椀だから、姿づくりなども映えそうですね」

美濃屋正作が知恵を出した。

「では、それも伝えてきましょう」

おみねのほおにえくぼが浮かんだ。

五

まずは酒とお通しが運ばれた。

寒い時分だから、みな燗酒《かんざけ》だ。熱燗かぬる燗か、一人ずつ好みを聞いてつける。

お付きの手代たちは茶だ。お付きはお付きでひとまとまりになり、いくらか調子を落とした料理を出す。あるじと同じものを出したりしたらかえって恐縮するから、そのあたりにも細かい気を遣っていた。

お通しの顔は煮しめの大鉢だった。

「おお、いきなり美濃屋さんの晴れ舞台だね」

大黒屋の隠居が笑みを浮かべた。

「ありがたいことで。窯元さんと相談して、梅に鶯《うぐいす》をあしらった春らしい図柄にしてみました」

美濃屋正作が得意げに言った。

「なら、さっそくつつきながら」

「そういたしましょう」

ほうぼうから箸が伸びる。

里芋、蓮根《れんこん》、椎茸、蒟蒻《こんにゃく》、人参、牛蒡、それに高野豆腐。形の違うそれぞれの具が按配よく盛り付けられている。

「おいしい、この高野豆腐」

「ほんとだ。味がしみてら」

お付き衆のところにも、お通しは同じものが出た。手代たちは上機嫌だ。

「お待たせいたしました。鯛の姿づくりでございます」

真造が大椀を慎重に運んできた。

椀づくりの親方が腕によりをかけてつくった品だ。

「お醤油か煎り酒か、お好みのほうをぎやまんの小皿で」

おみねが千鳥屋からもらったばかりのものを示した。

真沙とおちさが一つずつ小皿を置いていく。

「鯛が泳いでるように盛り付けられているから、大椀のきれいな木目がさらに活きてくるね」

七兵衛が縁のほうを指さした。

「この盛り方には何か細工があるのか?」

真次が真造に問うた。

「細工というほどのものじゃないけど、鯛の刺身の下に大根のつまを布団みたいに敷いて、いくらか盛り上げてるんだ」

真造は次兄に答えた。

「なるほど。細かい手わざだな」

親方の太平がうなずく。

「鯛はこれから姿盛りもおつくりしますので、どうぞごゆっくり」

真造は一礼して厨へ戻っていった。


わん講の話は弾んだ。

「この先も、一日より十五日のほうがいいんじゃなかろうかね。月が円いから」

隠居が言った。

「なるほど、盆のような月が出ますからね」

ぎやまん処のあるじが言う。

「ちょうど盆づくりも入ったことだし、それがいいでしょう」

箸づくりの富松が松蔵を手で示した。

「ただ、そうするとお盆に引っかかりますね」

瀬戸物問屋のあるじが首をひねる。

「なら、お盆だけずらせばいいよ、美濃屋さん」

七兵衛がすぐさま言った。

話はそれでまとまった。次は二月の十五日だ。

ここで次々に料理が運ばれてきた。

まずは鯛の姿盛りだ。

頭とそれぞれのひれには化粧塩を施し、天火《てんぴ》（江戸時代のオーブンのようなもの）でじっくりと焼く。身はひと口大に切り、塩を振って小麦粉をまぶし、からりと揚げる。これを青みがかった大皿に盛り、杵生姜《きねしょうが》や大葉などをあしらえば出来上がりだ。

「円天うどんもどうぞ」

真沙とおちさが黒い塗椀を盆に載せて運んできた。

「椀の中にまた円いものが入っておりますので」

おみねが言葉を添える。

「へえ、円い天麩羅を約《つづ》めて円天かい」

竹細工の職人が椀をのぞきこんだ。

「お魚のすり身に山の芋などをまぜて、円くまとめて揚げてあります」

おみねはそう伝えた。

評判は上々だった。円天うどんはお付き衆にも供された。食した手代たちはこぞって笑顔になった。

「うめえなあ」

「うどんにこしがあるし、円天はうまいし」

「刻み葱とおつゆもおいしい」

初めはいくらか硬かった手代たちも、だんだんに口数が増えてきた。

「ときに、今年はわん講のみなでいろいろやろうかと思ってるんだが、何かいい案はあるかねえ」

大黒屋の七兵衛が機を見てそう切り出した。

「土手見世がよろしゅうございましょう。それぞれの品を持ち寄って売れば、いい引札（広告）にもなります」

美濃屋の正作が言う。

「いっそのこと、わん市ということにすればいかがでしょうか」

千鳥屋の幸之助がさらに一歩進めた。

「どこでやるんですかい？」

椀づくりの親方の太平が問う。

「市となれば、大川端《おおかわばた》あたりに筵《むしろ》を敷いてやったらどうですかい。繁華な両国橋の西詰に近いんで、うまく呼び込みをすりゃあ客は来るでしょう」

竹細工職人の丑之助が言った。

「でも、雨が降ったら難儀かもしれませんね」

新たな徳利《とっくり》を運んできたおみねが軽く首をかしげた。

「ああ、それもそうだね」

隠居がうなずく。

「なら、屋根のあるところで」

と、美濃屋。

「どこぞの寺でやりゃあどうですかい」

箸づくりの富松が言った。

「それなら、雨が降っても平気でさ」

盆づくりの松蔵が和した。

「そうだね。御開帳などに合わせられれば、いい按配に人が流れそうだ」

七兵衛が見通しを示した。

「では、どこでやるかは、来月からみなで案を出して、追い追い段取りを整えていけばいいでしょう」

美濃屋のあるじが言った。

「よし、決まったね」

元締め格の隠居が両手を打ち合わせた。

六

話が一段落したところで、さらに料理が運ばれた。

まずは茶碗蒸しだ。

玉子はまだまだ貴重な品だが、わん屋には伝手《つて》があってわりかた安く入る。その玉子汁を漉《こ》してなめらかにした茶碗蒸しは絶品の味だった。

花麩《はなふ》が彩りを添えている。円い椎茸も見える。

匙《さじ》を動かしていくと、百合根《ゆりね》や銀杏《ぎんなん》や長芋などが次々に現れる。

「まるで宝探しだね」

七兵衛が笑みを浮かべた。

「おいしゅうございます」

「冬場はことにありがたいですな」

笑いの花がさらに咲いた。

ほどなく、おみねと真沙とおちさが盆を運んできた。

「わあ、こっちにも来るよ」

「おいしそう」

お付きの手代衆がひざを浮かせた。

「はい。茶碗蒸しと違って、こちらはみなに行きわたりますから」

おみねが笑みを浮かべた。

「どうぞ」

真沙が飯椀を置く。

彩り豊かな大根飯だった。

大根の葉と色合いの濃い人参、それに刻んだ柚子《ゆず》もあしらわれている。

「いま味噌汁をお持ちしますので」

おちさが言った。

「白味噌の汁が、この大根飯によく合いますから」

おみねが言葉を添える。

大根飯には工夫が施されていた。同じように賽《さい》の目に切った大根を、半ばは飯と一緒に炊きこみ、半ばは油で炒《いた》める。煮込み大根と焼き大根、二つの味を楽しめるのだ。

「こりゃあ舌が喜ぶね」

「葉っぱがまたうめえや」

「醬油がいい按配にからまってるよ」

「人参は味を含ませてあるんだね。おいしいよ」

評判は上々だった。

味噌汁も来た。さらに箸が進む。

手代のなかには、あまりのおいしさに涙を流している者までいた。

「おいしゅうございます、おいしゅうございます」

題目のように唱える。

あらかた料理を出し終えたから、真造があいさつに来た。

「いかがでしたでしょうか」

わん講の面々に問う。

「いやあ、大満足だよ」

「口福《こうふく》、口福」

「来月も楽しみだね」

いい声が次々に返ってきた。

「この大根飯、中食の膳で出したらどうだい」

隠居が水を向けた。

「そうそう。味噌汁と魚がついたら言うことなしだ」

美濃屋正作が和す。

「きっと飛ぶように出るでしょう」

千鳥屋幸之助が太鼓判を捺《お》した。

「なら、出してみましょうか」

おみねが真造の顔を見た。

「そうだね。わん講から生まれた大根飯膳だ」

わん屋のあるじが白い歯を見せた。

第三章　曼陀羅《まんだら》弁当

一

「やれやれ、ひと仕事終わったよ」

大黒屋の隠居の七兵衛が一枚板の席に腰を下ろした。

「荷を運ぶのは大儀かもしれませんね、大旦那さま」

手代の巳之吉が続く。

「いくらか坂はあるけどね。慎重に運べば大丈夫そうだ。やれやれ、疲れた」

隠居が息をついた。

「まあこれで、大きな段取りが進みましたから」

美濃屋の正作がにこやかに言って、同じ一枚板の席に座った。

「わん市の場所の段取りが決まりましたか」

厨から真造が訊いた。

「美濃屋さんの得意先の光輪寺《こうりんじ》の和尚さんが乗り気でね。今日はついでにひと足早い花見をしてきたよ」

七兵衛が答えた。

二月（陰暦）も末になり、江戸のほうぼうで花だよりが聞かれるようになった。わん屋では弁当も請け負っているから、花見どきは忙しくなる。

「それは良うございましたね」

おみねが笑みを浮かべた。

二幕目に入ってまもない頃合いだから、まだ座敷に客はいない。

中食はだんだん名物となってきた大根飯膳だった。正月のわん講で好評を博してから、折にふれて中食の顔にしている。今日は朝獲《ど》れの魚の刺身に青菜のお浸し、それに豆腐と若布の味噌汁をつけ、三十食があっという間に売り切れた。

今月のわん講では、わん市の場所の選定がなされた。白羽の矢が立ったのは、愛宕権現《あたごごんげん》の裏手の光輪寺だった。今日はさっそく下見をしてきたらしい。

酒と肴が出た。

まずは揚げ出し豆腐の梅肉がけだ。揚げ出し豆腐はつゆを張って刻み海苔《のり》を散らしてもうまいが、梅肉だれが絶品だ。

梅干の種を取って梅肉を裏ごしし、だしと醬油と酢を加え、弱火にかけてのばす。そこへ水溶きの片栗粉をまぜれば、とろりとした味わいの梅肉だれになる。揚げ出し豆腐ばかりでなく、むろん冷奴《ひややっこ》にも合う。どんな料理もさっぱりと食べられるから、普通の天麩羅などの揚げ物にも使える重宝なたれだ。

「おいしゅうございます、旦那さま」

美濃屋の手代の信太が言った。

「おまえは本当においしそうに食べるね」

あるじの正作が笑う。

「わん屋のたれはどれも美味だからね」

隠居も笑みを浮かべた。

「それで、わん市はいつごろから?」

おみねが訊いた。

「光輪寺では、毎月初めの午《うま》の日にご本尊の千手観音《せんじゅかんのん》の御開帳があるんだ。遠くからも参拝客が来るくらいで、門前には稲荷寿司《いなりずし》や二八蕎麦《そば》の屋台が出たりする。その客を当てこんで並びの座敷でわん市をという段取りだ」

七兵衛はまずそのあたりを説明した。

「ご住職の文祥《ぶんしょう》和尚が器道楽でしてね」

美濃屋のあるじが告げた。

「器道楽、でございますか」

と、おみね。

「なかなかの目利きで、ほうぼうの市で掘り出し物を見つけてくるのを楽しみにされている方なんです。うちにも檀家廻《まわ》りのついでに来られて、いい品を買ってくださる大事なお客さまで」

正作はそう言うと、残りの揚げ出し豆腐をうまそうに胃の腑に落とした。

「それなら、わん市の場にはうってつけですね」

真造が白い歯を見せた。

「で、場は決まったものの、すぐ来月からというわけにはいかない。客を呼ぶためには旗指物なども要り用だろうからね」

隠居が身ぶりをまじえた。

「引札の刷り物なども要り用でしょう」

美濃屋正作が言う。

「器を売るのはだれのつとめなんです？」

巳之吉が口を開いた。

「そりゃあ、おまえたちがやるんだよ」

隠居が若い手代を指さした。

「はあ」

巳之吉と信太が顔を見合わせた。

「うちの休みを合わせて、そちらを手伝ってもよろしゅうございますが」

おみねが案を出した。

「それはありがたいけれども、おかみは四月の終わりか五月の初めにお産があるじゃないか」

と、隠居。

「生まれたあとも、しばらくはそれどころじゃないでしょう」

正作も和した。

「いらっしゃいまし。お座敷にどうぞ」

ちょうど入ってきた客に向かって、真沙がいい声を響かせた。

「真沙ちゃんにも売り子をしてもらいたいし、わん屋が落ち着く秋ごろがいいんじゃないかねえ」

　塗物問屋の隠居が言った。

「そうですね。半年もあれば、じっくり備えができますし」

　瀬戸物問屋のあるじがうなずいた。

　話が決まったところで、次の肴が出た。

　穴子《あなご》の二種揚げだ。

　食べやすい長さに切った穴子を二種の衣で揚げる。片方は普通の天麩羅だが、もう片方はあられを砕いて衣にしていた。風味の違いを楽しめる小粋なひと品だ。

「よそで穴子の一本揚げを食べたことがあるが、わん屋では無理かもしれないね」

　七兵衛が言う。

「あいにく円い器しかございませんので」

　真造が答えた。

「こーんな大きな円皿があれば、一本揚げでも載せられるでしょうけど」

　おみねが大仰な身ぶりをまじえて言ったから、わん屋の一枚板の席に笑いがわいた。

「そうかい。わん市の段取りが決まったのかい」

役者にしたいような容子《ようす》のいい男が言った。

隠密廻り同心、大河内鍋之助《おおこうちなべのすけ》だ。

広く学んでおのれの中へ容《い》れるようにという願いをこめて親がつけた名だが、鍋とは似ても似つかぬ細面《ほそおもて》で、奉行所ではたわむれに錐之助《きりのすけ》などと呼ばれている。

「秋まで半年あるので、まあ楽しみながらぼちぼちやりますよ」

大黒屋の隠居が笑みを浮かべた。

美濃屋の主従はあきないがあるので早々に腰を上げたが、こちらは隠居の身、まだまだ腰を据えて呑む構えだ。

座敷のほうからにぎやかな声が聞こえてくる。近くの普請が終わったらしく、大工衆と左官衆が連れ立って来てくれた。大皿に盛り付けた鯛の姿づくりをおみねと真沙が運び、いま歓声がわいたところだ。

「寺の御開帳に合わせるんなら、ずいぶんと売れるかもしれませんな」

人形のように色の白い男が言った。

大河内同心の手下《てか》の千之助《せんのすけ》だ。忍者の祖につらなる血筋で、当人も忍びの心得がある。元飛脚で速駆けも遠駆けもできるから、頼りになる男だ。

「そりゃあ売れるに越したことはないけれど、半ばは引札のためにやるので、のちのあきないにつながってくれればと」

七兵衛が言った。

「なるほど、布石を打つわけだな」

大河内同心が碁石を打つしぐさをした。

ここで肴が出た。

鯛と焼き豆腐の炊き合わせだ。

鯛の切り身の皮目を火取り、焼き豆腐と別々に八方地《はっぽうじ》で煮て、終《しま》いに椀で合わせて木の芽を添える。かみ味の違いも楽しめる小粋なひと品だ。

「こういった四角いものは円い椀がことのほか合うね」

隠居が満足げに言った。

「うちの塗椀でございますから」

巳之吉が笑みを浮かべた。

座敷へのお運びを終えたおみねと真沙が戻ってきた。

「あとは鯛雑炊と浜鍋をうどん仕立てで」

厨で手を動かしながら、真造が告げた。

「はいよ」

おみねが打てば響くように答える。

「どうだい。慣れたかい」

千之助が真沙に気安く声をかけた。

「ええ。お客さんが良くしてくださるもので」

真沙が笑顔で答えた。

「わん屋は客筋がいいからな。怪しいのはおれらくらいだ」

大河内同心が戯《ざ》れ言《ごと》めかして言った。

たしかに、怪しいと言えば怪しい。

隠密廻りと言っても、縄張りは江戸の町方ばかりではない。町方を通さぬ隠密仕事も請け負い、千之助とともに諸国を駆け回って悪を追っている。言ってみれば、日《ひ》の本《もと》の隠密廻りをつとめているのが大河内同心だ。

巨悪に立ち向かうためには、江戸のほうはいったん留守にして、いずこにでも出張《でば》っていく。そんな忙しい身の同心にとってみれば、わん屋で一献傾けるのが何よりの気晴らしだった。

「一緒にしねえでくだせえまし」

千之助が端整な顔をしかめた。

「ときに、おかみ」

酒の支度をはじめたおみねに、同心が声をかけた。

「何でしょう」

「おもかげ堂の二人が、安産祈願の狗《いぬ》の人形をつくりたいって言ってるんだが、かまわねえかい？」

大河内同心が問うた。

「まあ、おもかげ堂さんが」

本郷竹町《ほんごうたけちょう》の人形づくり、おもかげ堂の磯松《いそまつ》と玖美《くみ》のきょうだいも同心の手下筋で、からくり人形を使った風変わりなつとめをしている。わん屋とも見知り越しの仲だ。

「頂戴《ちょうだい》するのは悪いですね」

真造がすまなそうに言った。

「なに、今度来たときに豪勢なものを食わせてやりゃあいいからよ。なら、つくるように言っとくぜ」

せっかちな同心が素早く話をまとめたとき、千之助がふとこめかみに指をやった。

「ん？」

どこか遠い目つきになる。

「どうした？」

大河内同心が問うた。

「飛脚をやってたころ、三峯大権現へ代参へ行ったことがあるんですが……」

千之助はあいまいな表情で答えた。

遠方まで行けない者の代わりにお参りに行くことを代参という。これも飛脚のつとめのうちだ。

「まあ、わたしの郷里《さと》ですね」

おみねが笑みを浮かべた。

「ずいぶんと高《たけ》えところにあるもんで、上りばっかりで難儀したもんだけど、その三峯のほうから妙な風が吹いてきてるような気が」

千之助はそう言って、また指をこめかみに当てた。

「おめえの勘ばたらきは鋭いからよ」

大河内同心は笑みを浮かべた。

「風っていったい何かしら」

おみねが小首をかしげた。

その風が何か、ほどなく分かった。

「いらっしゃいまし」

入口のほうで真沙の声が響いた。

「……奥へどうぞ」

ややあって、真沙に案内されてきた者の顔を見て、わん屋のおかみは思わず声をあげた。

「文佐！」

わん屋に姿を現したのは、おみねの弟の文佐だった。

三

「ややこが生まれてから手伝いに来るんじゃなかったの？」

おみねがまだ驚いた顔つきで問うた。

「初めはそのつもりだったんだけど、料理の修業もさせていただきたいから」

総髪の若者が答えた。

「ずいぶん背丈が伸びて立派になったね」

真造がしげしげと見て言った。

おみねと夫婦になったあと、あいさつがてら一度だけ三峯大権現へ行ったことがある。そのときはまだやんちゃなわらべだった。

「ええ、ご無沙汰しておりました」

文佐は白い歯を見せた。

「みんな達者で？」

おみねが問う。

「ああ。だれも病に罹《かか》ったりはしてないよ」

弟が答えた。

「それは良かった」

おみねは胸に手をやった。

「紹介がまだだったね。末の妹で、見世を手伝ってもらっている真沙だ。真《まこと》の沙《すな》と書く」

真造は身ぶりで示した。

「真沙です」

桃割れが板についてきた娘がぺこりと頭を下げた。

「わたしも神職の末っ子だから、同じだね」

文佐が笑みを浮かべる。

「どうぞよろしゅうに」

「こちらこそ」

さらに、一枚板の席に陣取った常連を紹介した。もっとも、大河内同心と千之助はうわべだけで、ただの町方の同心とその手下ということにしておいた。

三峯のお土産は、安産祈願の御札と地の芋だった。中津川《なかつがわ》芋というその土地だけに育つ芋で、田楽にするとうまい。

「で、ここに住みこんで修業するのかい」

大黒屋の隠居がたずねた。

「もし住み込みができるのなら、と思って来たんだけど」

文佐は姉の顔を見た。

「でも、いまは座敷に衝立を立てて、お布団を敷いてわたしたちと真沙ちゃんが寝泊まりしてるのよ。これからややこも増えるし」

おみねは困った顔つきで言った。

「だったら、土間に筵でいいから」

と、文佐。

「長逗留《ながとうりゅう》になるんだから、そういうわけにもいかないだろう。ひとまず的屋さんに泊まってもらえばどうだ？」

真造がおみねに言った。

「そうね。そのうちどこか長屋が見つかれば」

「それなら、いくらでもあてがあるよ」

七兵衛がさっと手を挙げた。

「大旦那さまは顔がお広いですから」

手代の巳之吉が言った。

「つらのほうは広くないけどね」

隠居が切り返す。

「なに、おれに比べたらずっと広いや」

細面の大河内同心がそう言ったから、わん屋に和気が漂った。

「では、お願いできますでしょうか」

おみねが言った。

「お安い御用だよ。さすがにすぐっていうわけにはいかないがね」

七兵衛が請け合った。

「ありがたく存じます。今日のところは的屋さんに泊まらせますので」

おみねがほっとしたように言った。

一段落したところで、次の肴が出た。

鯛皮と三河島菜《みかわしまな》の胡麻《ごま》和えだ。

短冊に切った鯛皮と三河島菜の軸の小口切りをそれぞれゆで、醤油と味噌で味を調えたすり胡麻で和える。酒の肴でもいいが、お茶漬けに載せてもうまいひと品だ。

「三峯の宿坊は精進だったね？」

真造が問うた。

「ええ。でも、食べる分には魚なども大好きですから」

文佐はそう言って箸を動かした。

「料理もさることながら、深めの円鉢が合ってるねえ」

七兵衛がうなる。

「器はたくさんあるので、何を使うか迷いますが」

と、真造。

「いろいろ相談しながらやってます」

おみねが笑みを浮かべた。

「そりゃ、料理を活かすも殺すも器次第だからよ。……おお、これは飯が恋しくなる味だな」

大河内同心が白い歯を見せた。

「お出しいたしましょうか」

真造が水を向けた。

「おう。茶碗に軽くでいいからよ」

「承知しました」

ほどなく、青い唐草文様の茶碗に盛られた飯が供された。

「おっ、白い飯はこういう茶碗がいいな」

同心がそう言って受け取る。

「茶碗まで真っ白だったら妙ですからな」

と、千之助。

「冷奴なんかもそうだね。染め分けの派手な皿のほうが合う」

隠居が言った。

「なるほど。そういうところも料理の修業のうちなんですね」

文佐が引き締まった顔つきで言った。

「せっかく来たんだから、気張ってやるのよ」

おみねが言う。

「気張ってくださいね」

真沙も笑顔で言った。

「ああ、精一杯やるよ」

文佐が笑みを返した。

四

しばらくして大河内同心と千之助が腰を上げた。

それをしおに、おみねが文佐とともに的屋へ行くことになった。まずは泊まり部屋を押さえておかなければならない。

三峯から来た末の弟だと紹介すると、的屋の面々はこぞって歓迎してくれた。

「いいお部屋が空いてますので」

おかみのおさだが言った。

「お世話になります」

文佐が頭を下げた。

「こりゃまた、背が高くて男前の弟さんだねえ」

あるじの大造が感に堪えたように言った。

文佐はあいまいな表情になった。

「大黒屋のご隠居さんが長屋を探してくださるそうなので、それまでよろしゅうお願いいたします」

おみねが笑顔で告げた。

「こちらこそ、よしなに。あ、そうそう、こちらからおまきをやらせようと思ってたところなんですけど……」

おかみが看板娘を手で示した。

「今日泊まりに見えた二人のお客さまが、明日は天気も良さそうだし飛鳥山《あすかやま》で花見をしたいとおっしゃってるんです」

おまきが言った。

「じゃあ、お弁当を？」

おみねがそれと察して訊いた。

「ええ。まだお花見には早いですけど、せっかく来たんだからと」

的屋のおかみが答えた。

「お客さまは男の人で？」

「そうです。行徳《ぎょうとく》から江戸見物に来たご兄弟で、どちらも三十にはなっていないかと」

「それなら、たんと召し上がりそうね」

ご飯は多めにしようと思いながら、おみねは言った。

「弁当づくりなら、やってみたいな」

文佐が乗り気で言った。

「なら、それも修業のうちだから」

おみねが答えた。

「では、二人分のお弁当、よしなにお願いいたします」

おさだが頭を下げた。

「承知いたしました。気を入れてつくらせていただきます」

おみねがいい声を響かせた。

五

わん屋の弁当箱には二つの品がある。

一つは塗物を重ねたもので、煮物なども入れられる。むろん、七兵衛の大黒屋から仕入れた品だ。

いま一つは、竹細工職人の丑之助がつくった網代編みの弁当箱だ。汁気の出る料理は下に紙を敷いたりする手間はかかるが、軽いし見た目も美しい。

的屋の客には、重厚な塗物の弁当箱で供することにした。いくらか重いが、まだ若い男の客だから運ぶのに苦労はしないだろう。

飯のほうは斜めに仕切って、筍《たけのこ》ご飯と山菜のちらし寿司を詰めた。円い弁当箱だからこうすれば見栄えがするし、炊き込みご飯と散らし寿司の風味の違いも楽しむことができる。

おかずのほうには、文佐の土産の中津川芋を使った郷土料理も入れることになった。

芋田楽だ。

芋をすってつなぎと合わせて団子にこねる文佐の手つきは、なかなかに堂に入ったものだった。これを味噌と醤油のたれで香ばしく焼けば、三峯名物の芋田楽の出来上がりだ。

「うん、もっちりしていてうまいね」

舌だめしをした真造が言った。

「そうそう。外はかりっと香ばしく、中はもちっとしてるの」

おみねが笑みを浮かべた。

「わたしも食べていい？」

真沙が訊いた。

まだのれんを出す前で、中食の支度と弁当づくりを一緒にやらなければならないから忙しい。

「ああ、いいぞ。おちさちゃんも」

真造が笑みを浮かべた。

二人の娘の評判は上々だった。

「おいしい。これは宿坊でも出してるんですか？」

おちさがたずねた。

昨日は習いごとに行っていたから、文佐とは初顔合わせになる。

「ええ。ご好評をいただいています」

文佐は如才なく答えた。

「よし。なら、もうひと気張りだな」

真造は両手を打ち合わせた。

弁当と同じく、中食の膳も筍ご飯と山菜ちらし寿司の相盛りにした。手間はかかるが、何より華がある。

これに鯛の刺身と筍の土佐《とさ》煮、それに浅蜊《あさり》の味噌汁をつけた。

「今日は豪勢じゃねえかよ」

「ただの飯じゃねえんだな」

「花見の弁当みてえだ」

真っ先にのれんをくぐってくれた大工衆の評判は上々だった。

花見弁当から思いついた中食の膳だが、そのことはあえて告げなかった。三十食は飛ぶように出て売り切れた。

その弁当には、芋田楽に加えて、だし巻き玉子や海老のうま煮などを彩りよく入れた。田螺《たにし》の木の芽和えは二幕目の酒の肴でも好評を博した品だ。

弁当箱は夕方、的屋から返ってきた。

「とてもご好評でした。これだけで江戸へ出てきた甲斐《かい》があったと」

看板娘のおまきが笑みを浮かべて言った。

「ああ、良かった」

おみねが胸に手をやる。

「つくった甲斐があったよ」

文佐が白い歯を見せる。

「またよしなにお願いいたします」

旅籠の看板娘はそう言って戻っていった。

「では、今年の花見弁当はあんな感じでいくことにしよう。もちろん、入る素材によって日替わりになるが」

真造が言った。

「わたしたちのお花見は？」

真沙が訊く。

「それは盛りが過ぎてからだなあ」

真造は首をひねった。

「これから続々とお弁当の注文も入るでしょうし」

と、おみね。

「まあ、葉桜も風情があるから」

真造が妹に言った。

「そうね。楽しみ」

真沙の瞳が輝く。

「でも、そのころには中津川芋がなくなってるかもなあ」

文佐が首をひねった。

「だったら、お花見のために取っておきましょうよ、文佐さん」

真沙が水を向ける。

「ああ、そうだね。そうしよう」

文佐は笑顔で答えた。

六

わん屋の面々が花見に出かけたのは、桜がもうあらかた散ったあとだった。

花のさかりは弁当の注文が次々に舞いこみ、とてもそれどころではなかった。

その山をようやく越えたよく晴れた日、かねてよりの相談どおり、昼から花見に出かけることにした。

本日、昼からおやすみです
またのおこしをおまちしてをります
わん屋

おみねが立て札にそんな貼り紙をしていると、常連の柿崎隼人が門弟とともにやってきた。

「おや、休みか」

道場の師範代が言った。

「相済みません。いまごろお花見へ行くことになったので」

おみねがすまなそうに答えた。

「はは、忙しくて行けなかったんだな。いずこへ行く？」

柿崎隼人がたずねた。

「お天気もいいので、墨堤《ぼくてい》へ行くつもりです。もうだれもいないかもしれませんけど」

「それも一興だろう。では、また来る」

気のいい武家は、さっと右手を挙げて去っていった。

急いで掃除をし、弁当を仕上げたわん屋の面々は、大川を渡って墨堤へ赴いた。

真造が弁当を入れた重い倹飩箱を提げ、文佐が茣蓙《ござ》を背負って大徳利を運ぶ。

おみねと真沙とおちさ、女衆はわりかた軽い茶などを運んだ。

その後、文佐の長屋は首尾よく決まった。長屋の衆は良くしてくれるようだから、ひとまずは安心だ。

「総髪で目立つので、何者かとよく訊かれます」

文佐は真造に言った。

「どう答えてるんだ？」

「三峯の宿坊から料理の修業に来たと、そのとおり答えてたら、昨日は祝詞をあげさせられました」

文佐は笑って答えた。

「へえ、文佐さんも祝詞をあげられるんだ」

依那古神社の末娘が言った。

「そりゃ跡取りじゃないけど、憶《おぼ》えさせられたから」

と、文佐。

「だったら、どっちが上手か競ってみましょうか」

真沙が乗り気で言った。

「ああ、いいよ」

文佐が受けて立つ。

六根清浄太祓《ろっこんしょうじょうおおはらい》はどちらもなんとかこなせたが、より長い大祓詞《おおはらいのことば》はどちらも詰まって痛み分けになった。

「まあ、神官になるわけじゃないから」

文佐はつややかな総髪の頭に手をやった。

「そうね。お料理の修業に来たんだから、文佐さん」

真沙が笑顔で言った。

そうこうしているうちに墨堤に着いた。

だれもいないかと思いきや、葉桜を愛《め》でに来た酔狂な花見客がちらほらいた。

「よかった。うちだけじゃなくて」

おみねが先客のほうをそれとなく指さした。

「花見より酒っていう客は多いからな」

早くも謡《うたい》の声を響かせている先客のほうを見やって、真造が言った。

「なら、このへんにしましょうか」

文佐が足を止めた。

「そうだな。茣蓙を敷いてくれ」

「承知で」

いくらか高くなっている堤の草の上に茣蓙を敷き、倹飩箱や大徳利などを置いた。

ほどなく弁当箱が行きわたった。

ちょうど葉桜の陰で、日がまともに当たらず、さわやかな風が吹き抜けていく。

「いいところに座れたわね」

おみねが大川のほうを見やった。

春の光を弾く水面《みなも》が美しい。きらびやかな簪が互いに妍《けん》を競っているかのようだ。

「なら、さっそく食べるか」

真造が弁当箱の蓋を開けた。

迷った末に、今日は竹細工のほうにした。蓋を開けると、瓢型《ひさごがた》にきれいにまとめただし巻き玉子や紅白の蒲鉾や小鯛の揚げ物などが現れた。この日のために中津川芋を取っておいた芋田楽も入っている。

二段目は寿司にした。

中食の顔にして好評を得た山菜ちらし寿司に、稲荷寿司と太巻き寿司も配した。円い器のなかほどにちらし寿司を円く据え、稲荷と太巻きを互い違いにぐるりと盛り付けていく。例によって目が回りそうだ。

「なんだか、お寺の曼陀羅《まんだら》みたいですね」

文佐が笑った。

「ほんと、食べるのがもったいないくらい」

おちさが言った。

「でも、おなかすいたから」

真沙がそう言ってさっそく箸を伸ばしたから、花見の座に笑いがわいた。

「じゃあ、お願いしてから」

おみねは曼陀羅弁当に向かって両手を合わせた。

「もちろん、安産のお願いだね」

文佐が言う。

「そう」

おみねが短く答えたとき、おなかのややこが、ひく、と動いた。

まるで話を聞いていたかのようだ。

束《つか》の間《ま》目を閉じ、安産を祈る。

目を開けたとき、風に吹かれた花びらが一枚、揺れまどいながらおみねの弁当箱の上に落ちた。

「それは福かも」

真沙が目ざとく見つけて言う。

「じゃあ、一緒に食べなきゃ」

おみねは花びらを指でつまむと、太巻の上にのせた。

そのまま食す。

「どうだ？」

真造が訊いた。

「うん、おいしい」

おみねは笑顔で答えた。

第四章　玉子雑炊とかき揚げ丼

一

葉桜もすべて散り、桜の葉がひときわつややかに光りはじめた。

青葉が美しい頃になると、江戸の民はそぞろに浮き足立つ。

初鰹だ。

初めは一尾三両など、よほど羽ぶりのいい者でしか買えない値《あたい》がつくが、だんだんに下がって二分、一分くらいになると、長屋住まいでも奮発すれば手が届くようになる。

わん屋でも値が落ち着いた頃合いに鰹の刺身やたたきを出すが、今年はそれどころではなかった。初鰹の時季におみねの初めてのお産が重なってしまったからだ。

おみねが見世のつとめをできなくなったため、中食は休みにして二幕目からのれんを出した。いざ産気づいたらすぐどちらか産婆のもとへ走れるように、真造と文佐が肚《はら》づもりをしていた。

そして、その日が来た。

小さな荷車がおなかの上を通り過ぎるような痛みで、このたびは尋常ではないことが分かった。おみねがそう訴えると、真造がわん屋から産婆のもとまでいっさんに走った。

見世を休みにし、みなでおみねのお産を見守った。

天井の梁《はり》から吊るした縄にすがりつき、必死に息む。それが当時のお産のやり方だ。

ずいぶんとつらかったが、ややこは無事に生まれた。

男の子だった。

すぐ呱々《ここ》の声を上げてくれたから、おみねも周りも心底ほっとした。

「あとは養生だね。座りは三日でいいから」

古参の産婆が言った。

「三日でいいんでしょうか。七日ではなく」

おみねが訊いた。

当時は、ややこを産んでからすぐ横になったら頭に血が上っていけないと信じられていた。座ったまま七日辛抱せよと指導する産婆も多いが、そのために無理をして具合が悪くなり、あたら命を落としてしまう女もいた。産婆はそのあたりを慮《おもんぱか》ったのだ。

「ああ、それで具合が悪くなったことはないから。あとはお粥《かゆ》などをちょっとずつ食べてればいいよ。なら、養生して」

産婆はそう言い残して去った。

真造はおみねのために、心をこめて玉子雑炊をつくった。三日に縮めてくれたとはいえ、座っていなければならないのはつらいから、壁ぎわに布団を巧みにもたせかけ、背もたれになるように工夫してくれた。おかげでおみねは切れぎれに眠って身を休めることができた。

「精がつくように、韮《にら》も入れてみたから」

真造はそう言って、玉子雑炊を運び、おみねに食べさせた。

「……おいしそう」

おみねはひと匙ずつ味わいながら食べた。

塩とごくわずかな醤油とだしだけで味つけした玉子と韮の雑炊は、いままで食べたどんな料理よりもおいしかった。

調味料だけではない。真造のやさしさもしみていた。

こうして三日間を乗り切り、おみねはゆっくりと横になった。

久方ぶりに腰を伸ばすと、まさに生き返ったような心地《ここち》がした。

赤子はかたわらで寝息を立てている。

そのたしかな気配を察しながら、おみねは眠りに落ちた。

二

「次のわん講はお披露目だね」

大黒屋の隠居が笑みを浮かべた。

「ええ。やっと歩けるようになったので」

おみねが笑みを浮かべた。

産後の回復ぶりは順調で、ゆっくりとだが歩けるようになった。

しばらくぐずっていた赤子だが、乳を呑ませると満足したようで、いまは安らかな寝息を立てている。

おみねと赤子がいるわん屋の奥の部屋には、折にふれて常連が足を運んでいた。ありがたいことに、誕生祝いを持ってきてくれる客も多い。その一人一人と話をするたびに、おみねは力をもらったような心持ちがした。

わん屋は二幕目に入っていた。

しばらく中食は休んでいたが、昨日からまた始めている。文佐が料理人としての腕を上げ、ずいぶんと役に立つようになったから、おみねが休んでいてもどうにかこなせるようになった。

昨日と今日は鰹のたたき膳を出した。初鰹よりわん屋の「初たたき膳」のほうがありがたいというのがもっぱらの評判で、三十食が滞りなく売り切れた。

「姉さん、今日のまかないは何にする？」

その文佐が奥の部屋へやってきてたずねた。

「そうねえ……じゃあ、余りもので炒め飯を」

おみねは少し思案してから答えた。

「いいね」

七兵衛が笑みを浮かべた。

「ご隠居さんとお付きさんの分もつくりましょうか」

文佐が水を向けた。

「なら、お願いするよ。醤油の香りがぷーんとするやつで」

隠居は手であおぐしぐさを加えた。

「承知しました」

紺の作務衣《さむえ》姿の文佐は、小気味よく答えて厨へ戻っていった。

「ずいぶん頼りになってきたね」

後ろ姿を見送ってから、七兵衛が言った。

「ええ。このところ、仕込みが終わってもなかなか長屋へ帰ろうとしないんですけど、あの子」

と、おみね。

「はは、真沙ちゃんと一緒にいたいんじゃないか」

隠居が笑う。

「ああ、そうかもしれませんね。仲がいいようだから」

おみねも笑みを浮かべた。

「何にせよ、いい名もついたし、万々歳だね」

隠居はそう言って腰を上げた。

「ええ。わん屋の跡取りにはふさわしい名前かと」

寝息を立てているわが子のほうを見て、おみねは言った。

「おとっつぁんからも一字もらったし、これより上はないっていう名だよ。なら、わたしはこれで」

隠居は軽く右手を挙げた。

「はい、ごゆっくりどうぞ」

おみねは頭を下げて見送ると、わが子に向かって小声で言った。

「ほめてもらったよ、円造《えんぞう》」

三

父の名の真造から「造」。

すべて円い器を使うわん屋から「円」。

それを合わせて「円造」とした。

家族も世の中も円くおさまるようにという願いをこめた名だ。むろん、円満な人となって世の中を円く渡れるようにという親心もこもっている。

真造とおみねが相談して決めた名だ。身内の真沙も文佐も、もろ手を挙げて賛成してくれた。

長兄の真斎には文で知らせた。

すぐさま弟子の空斎が来て、魔除《まよ》けの破魔矢《はまや》を届けてくれた。


良き名也《なり》。

物事よろづに円く造らるるべし。


文には伸びやかな字でそう記されていた。

ほどなく、次の客がやってきた。

おちさの兄の富松と、竹細工の職人の丑之助だ。

その気配を察して、円造が目を覚ました。

「あら、起きたの」

おみねが気づいて抱き寄せる。

「おっ、鼻筋が通ってて男前じゃねえか」

富松が笑みを浮かべた。

「おとっつぁんによく似てら」

丑之助はそう言うと、持参した風呂敷包みを解いた。

「まあ」

おみねは思わず声をあげた。

中から現れたのは、網代模様が美しい蓋付きの大ぶりの蒸籠だった。

「これならいろいろ蒸せるからよ」

職人が白い歯を見せる。

「ありがたく存じます。……ほら、きれいな蒸籠ね」

おみねは赤子に見せたが、何か怖《こわ》かったのかどうか、円造はやにわに顔じゅうを口にしてわんわん泣きだした。

「あらあら」

おみねがあやす。

「泣かしちまったぜ」

富松が苦笑いを浮かべた。

「おめえの顔が怖いからだ」

と、丑之助。

「よく言うぜ」

富松が言い返す。

「おお、よしよし。おいちゃんが面白え顔をしてやらあ。……ほれ、ばあ」

丑之助が妙な顔をつくると、赤子はなおいっそう火がついたように泣きだした。

四

ほどなく、醬油の香りが悦《よろこ》ばしく漂い、炒め飯ができあがった。

円天はすっかりわん屋の名物料理になった。うどんに入れるばかりでなく、食べやすい大きさに切って生姜醬油で食せば、恰好《かっこう》の酒の肴になる。ときには中食の膳に載ることもあった。

余った円天は細かく刻み、炒め飯の具にする。蒲鉾や葱や干物など、厨で余っているものを入れてつくる炒め飯は常連にも大の人気だった。

「わん屋はいい醬油を使ってるから、ことに仕上がりが香ばしいね」

七兵衛が満足げに言って、また匙を動かした。

「上方《かみがた》の播州《ばんしゅう》の下り醤油と、野田《のだ》のたまり醤油を使っておりますので」

真造が手を動かしながら答えた。

「おいしゅうございます」

手代の巳之吉は満面の笑みだ。

赤子を泣かせてしまった富松と丑之助も、一枚板の席に陣取って一緒に食べることになった。

「はい、お待ちどおさまで」

真造ができたての炒め飯を出した。

平たい鍋を巧みにあおり、水気を飛ばしてから供しているから、溶き玉子がほどよくからんだ飯粒がぱらぱらになっている。仕上げに回しかける胡麻油も風味豊かだ。

「なら、おいらは自前の箸で」

富松が手拭に包んだ竹箸を取り出す。

「持ち歩いてるのかよ」

と、丑之助。

「そりゃ、おのれのつくった品だからよ」

おちさの兄が笑みを浮かべた。

富松の祝いの品も竹箸だった。赤子の名をおちさから聞き、すぐ名を彫った。

「円」と「造」。

両の箸に、その名が刻まれている。ただし、円造がその箸を使うようになるのはずいぶん先だ。

「でも、匙のほうが食べやすいだろうに」

隠居がややあきれたように言った。

「炒め飯はぱらぱらしてますからね。おいしゅうございます」

手代はまだ笑顔だ。

「なに、うまく使えば平気さ」

箸づくりの職人はそう言って、わっと箸を動かした。

そのあいだ、文佐が姉の分の炒め飯をつくっていた。

「そうそう。手前に鍋を引くように振るんだ」

真造が指南する。

「文佐さん、しっかり」

真沙が声援を送る。

「おうっ」

いい声で答えると、文佐は気を入れて鍋を振った。

「はい、出来上がり」

縁に唐草模様のついた皿に盛り付ける。

「ちょっとひやひやしたが、うまくできたな」

真造が白い歯を見せた。

「飯が飛び出しそうになったからよ」

丑之助が言う。

「しまった、と思いました」

文佐が包み隠さず言ったから、一枚板の席に和気が漂った。

「味噌汁も一緒に運んでやってくれ」

真造は文佐に言った。

「じゃあ、一緒に」

盆に載せれば一人で足りるが、真沙が身を乗り出してきたので託すことにした。

炒め飯と具だくさんの味噌汁がおみねのもとに運ばれる。円造は乳を呑むと機嫌が直ったようだった。

「はい、上手にできたよ」

文佐が皿を置いた。

「根菜がたくさん入ったお味噌汁です」

真沙も続く。

「わあ、ありがとう」

おみねはさっそく匙をとった。

ひと匙すくって口中に投じると、少し遅れて胡麻油と醬油の香りがふわっと伝わってきた。

「おいしい」

そのひと言で足りた。

つくり手の思いのこもった炒め飯と味噌汁を、赤子を抱いたおみねはゆっくり時をかけて味わった。

五

五月のわん講は、ことのほかにぎやかになった。

なにしろ、円造のお披露目を兼ねている。ぎやまん唐物処の千鳥屋も、瀬戸物問屋の美濃屋も、ここぞとばかりにいい品を祝いに持ってきた。

おみねもやっと動けるようになった。円造を抱いて座敷に出ると、ほうぼうから声が飛んだ。

「これはこれは、跡取りさまのお出ましだ」

「後光が差してるぜ」

「おかみもいい顔色で何より」

「産後の肥立ちが良くて重畳だったね」

あたたかい声がかけられる。

「ありがたく存じます。おかげさまで」

おみねは礼を言った。

「今日は泣かないね。偉いね」

大黒屋の隠居が言う。

その言葉を聞いたかのように、円造がやにわに泣きだしたから、座敷に笑いがわいた。

「もう動いても平気なのかい」

真次がおみねにたずねた。

「ええ。来月からは中食もまた始めるので、ぼちぼち動く稽古をしておかないと」

赤子をあやしながら、おみねが答えた。

「あんまり無理しないようにな」

椀づくりの親方の太平が言った。

「はい。みな、よく助けてくれるので」

おみねは笑みを浮かべた。

「お待たせいたしました」

真沙とおちさが盆を運んできた。

「おっ、さっそく使ってくれてるのかい」

盆づくりの松蔵が指さす。

「はい、ちょうどいい使い勝手で」

真沙がそう答え、鯛の焼き物を置いた。

これは美濃屋自慢の色絵の大皿だ。

「どんどんお持ちしますので」

徳利を運んできた文佐が言った。

「はいはい、いい子だね」

おみねがあやすと、円造はやっと泣き止んだ。

「わたしがあやしたりすると、また泣くだろうからやめておこう」

七兵衛が手を隠すしぐさをしたから、座敷に笑いがわいた。

料理は次々に運ばれてきた。

鰹のたたきは酢でなじませ、あつあつのまま供せられた。皮目から焼けば、その下の脂がとろりと溶けて、えも言われぬ味わいになる。

「だんだんに慣れてきましたね」

美濃屋の正作が円造の様子を見て言った。

「ええ、機嫌良さそうにしています」

と、おみね。

「こうやって赤子のころから慣らしていけば、立派な跡取りになりましょう」

千鳥屋の幸之助が笑みを浮かべる。

ここで風変わりな料理が運ばれてきた。

「また目が回りそうなものが来たよ」

大黒屋の隠居が笑う。

「今日いちばん凝ったお料理です」

真沙が笑みを浮かべて皿を置いた。

「隠元と海老のすり身の曼陀羅揚げで」

文佐が名を告げた。

「曼陀羅かい」

「そりゃ凝ってるな」

「よそじゃ出ないねえ、これは」

ほうぼうから声が飛んだ。

「こりゃ、どうやってつくってるんだ？」

竹細工職人の丑之助が首をひねった。

「海苔の上にゆでた隠元をのせて、その上に海老のすり身をかぶせ、さらにその上にまた隠元をのせます」

文佐が説明した。

「それをくるくるっと巻いて……」

真沙がかわいいしぐさをまじえる。

「一寸の幅で切れば、曼陀羅が現れるわけです」

文佐が皿を示した。

「なるほど、手わざだねえ」

「いろんなことを思いつくもんだ」

「ここのあるじは書《ふみ》を読んで励んでるからね」

「われわれもそうありたいものだ」

今度は感心する声が響いた。

味の評判も上々だった。

天つゆにつけて食せば、海老と海苔と隠元、さまざまな味が絡み合いながら伝わってくる。

「しゃきしゃきした隠元と、もちっとした海老のすり身の取り合わせがたまりませんね」

瀬戸物問屋のあるじがうなった。

「目で見て良し、食べて良しですね」

ぎやまん唐物処のあるじが和す。

そうこうしているうちに、また円造がぐずりだした。

「おなかがすいたみたいです」

おみねが言った。

「なら、奥へ戻ってお乳をあげて」

「おかみも休んだほうがいいよ」

「こっちは好きにやってるから」

ありがたい声に送られて、おみねは奥の部屋に戻った。

座敷からはにぎやかな声が響いてくる。その声を聞きながら、おみねは乳をやりながら赤子をあやした。

「かき揚げをつくるけど、食べるか？　丼にもできる」

真造があわただしく入ってきて訊いた。

「あの鍋でつくったかき揚げ？」

おみねが訊いた。

「そう。わざわざつくってもらった小ぶりの鍋だ」

真造は答えた。

「そう言われたら、おなかが空《す》いたかも」

おみねは帯に手をやった。

「なら、さっとつくってくるよ。丼がいいか？」

真造が訊く。

「そうね。ご飯は少なめで」

「承知」

「あ、わたしは後回しでいいからね」

おみねはあわてて言い添えた。

「ああ、分かった」

真造は軽く右手を挙げて出ていった。

小ぶりの鍋でかき揚げをつくると、きれいに円くまとまる。鍋が壁になって具を内側へ寄せてくれるからだ。

貴重な玉子も使ったかき揚げは、黄金色《こがねいろ》の輝きを放っていた。そのままでもいいし、かき揚げ丼にしてもいい。

わん講の客に好みを聞いたところ、出されるものがかぎられているお付き衆はこぞって丼を頼んだ。

具だくさんの円いかき揚げを食しながら、さらに話が弾む。

「わん市の旗指物は、もう腕のいい染物屋さんに頼んであるからね」

七兵衛がそう言って、かき揚げをさくっと嚙《か》んだ。

「さすが。やることが早いですね、ご隠居」

太平が笑みを浮かべた。

「刷り物を配るのでしたら、戯作者の知り合いがおりますので、ちょっと声をかけてみましょうか」

美濃屋のあるじが言った。

「ああ、それはいいですね」

「餅は餅屋だから」

「きっといい文句を思案してくれるでしょう」

そんな按配で、段取りはたちどころに決まった。

「おいしいねえ、このかき揚げ丼」

「甘辛いたれがしみてて、ご飯がおいしい」

「お付きで良かった」

手代たちはみな笑顔だ。

たれがしみたかき揚げ丼は、おみねのもとにも運ばれた。

「はい、お待ち。……寝たか？」

真造は赤子を見た。

「ええ、お乳を呑んだら満足したみたいで」

と、おみね。

「大変だな。これを食べて精をつけて」

真造は笑みを浮かべた。

「うん」

おみねも笑顔でうなずいた。

円造を布団に寝かせると、おみねはひと口ずつ味わいながらかき揚げ丼を食べた。

ややこを身ごもっているときは、むしょうに干し芋が食べたくなって、真造に無理を言って調達してきてもらったものだ。いま思えば、どうしてあんなに干し芋を食べたかったのか腑に落ちない。

「やっぱり、こっちのほうがずっといいわね」

おみねはそう独りごちて、かき揚げをさくっと嚙んだ。

座敷のほうからにぎやかな声が響いてくる。

その声を聞きながら、おみねは今度は飯とともにかき揚げを胃の腑に落とした。

たれのうま味が、少し遅れて心の芯にあたたかく伝わってきた。

第五章　円造膳

一

「いやあ、この歳《とし》になると、ずっと立って花火見物はつらかったね」

大黒屋の隠居が苦笑いを浮かべた。

わん屋の二幕目だ。

「やっぱり大変な人出でしたか」

背に赤子を負うたおみねがたずねた。

合戦場みたいな忙しさになる中食はまだだが、二幕目には休み休みではあるが客の相手をするようになった。

「そりゃあもう、両国橋にずらっと人が鈴なりだったからね」

七兵衛は身ぶりをまじえた。

「前に人が立たれて、初めのうちはなかなか見えませんでした」

手代の巳之吉が言う。

ゆうべは両国の川開きだった。

江戸の夏の幕開けを告げる風物詩だ。両国橋の界隈《かいわい》は大変な賑《にぎ》わいになり、花火が揚がるたびに歓声がわく。大黒屋の隠居も久々に出かけてみたのはいいが、あまりの人の多さに閉口して帰って来たらしい。

「なら、来年は屋根船でどうですかい」

椀づくりの親方の太平が水を向けた。

今日は弟子の真次と、その弟弟子の大五郎《だいごろう》が一緒だ。

「ありゃあ出費《かかり》になるからねえ」

巾着の紐を締めるところは締める隠居が答えた。

「それだったら、わん講で積み立てていけばいかがでしょう」

今度はおみねが知恵を出した。

「なるほど。それなら出せるかもしれないね」

七兵衛は乗り気で言った。

「屋根船だと首が痛くなったりしないからいいです」

手代が笑みを浮かべる。

「船は頭数にかぎりがあるから、お付き衆は乗れないよ」

隠居に梯子《はしご》を外された巳之吉はうへえという顔つきになった。

一枚板の席に和気が漂ったとき、真造が料理を出した。

「はい、お待ちどおさまです」

そう言って黒い塗椀で供したのは、つゆを張ったそうめんだった。

「さっそく暑気払いだね」

隠居が笑顔で受け取る。

「でけえ椀じゃねえんだ」

太平も箸をとった。

「中食なら大きな椀に水を張って、つゆにつけて召し上がっていただきますが、今日は肴なので」

真造が答えた。

「葱と茗荷《みょうが》がちょこっと載っているのがいいな」

次兄の真次が言う。

「あっ、つゆが冷えててうまい」

弟弟子の大五郎が声をあげた。

「井戸水につけて冷やしてますから」

作務衣姿の文佐が言った。

修業は順調に進み、揚げ物などは安心して任せられるようになった。炒め飯に炊き込みご飯に田楽に煮物に吸い物、何でも上手につくれる。三峯大権現の宿坊は精進だから腕は活かせないが、鰻《うなぎ》の裂き方や蒲焼きまでもう手の内に入れた。

「で、中食は月初めからやるのかい？」

隠居がたずねた。

「ええ。あさってからやるつもりです」

真造が答えた。

「出すものは決まってるのか」

今度は真次が問うた。

「せっかく円造ができたんだから、その名にちなんだ膳にしようかと思ってるんだ」

真造は笑みを浮かべた。

「へえ、どういう膳だい」

隠居がいくらか身を乗り出した。

「それは……当日のお楽しみということで」

おみねが言った。

「気をもたせるね」

と、七兵衛。

「仕入れの具合もありますもので。出せるかどうか」

真造は慎重に言った。

座敷のほうから明るい声が響いてくる。

今日は柿崎隼人が門人たちをつれて来ていた。弟子から問われたらしく、座敷で木刀を構え、足の運びの勘どころを教えている。悪い例《ためし》を大仰なしぐさで伝えるのがうまく、そのたびにどっと笑いがわいた。

「名は円造膳にするのかい？」

太平がたずねた。

「ええ。思い切ってそうしようかと」

次の田楽をつくりながら、真造が答えた。

「おっかさんと一緒に気張ろうね」

おみねは背で眠っている赤子に声をかけた。

二

六月の朔日《ついたち》――。
わん屋の前の立て札に、こんな貼り紙が出た。

おまたせしました
中食またはじめます

けふの中食
円造膳（円造はあととりの名）
ふとまき　みそしる　こばち
三十食かぎり　五十文にて

「おっ、やっぱり朔日から始まってるぜ」

「来てよかったな」

そろいの半纏の左官衆が顔をほころばせた。

「円造ってのは跡取りかい」

「なるほど、お披露目を兼ねてるのか」

「ああ、そうか」

左官の一人が帯をぽんとたたいた。

「なんでえ、藪《やぶ》から棒に」

その仲間が訊く。

「太巻きってのは、切ったら円くなるだろうが。それと跡取りの名をひっかけてやがるんだよ」

「ああ、なるほど」

「頭いいじゃねえか、おめえ」

そんな調子でにぎやかに待っているうち、だんだんに列ができてきた。この按配なら、三十食はたちどころにはけそうだ。

「お待たせいたしました。のれんを出しますので」

「本日より中食をまた始めます。どうかよしなに」

にこやかに現れたのは真造とおみねではなかった。

真沙と文佐だった。

おみねは背に円造を負っている。手が空いているときは真造が代わりにあやしたりする。何かと忙しいため、こういうつとめは若い二人と手伝いのおちさに任せることにした。

「おっ、若夫婦みてえだな」

「もう一軒、わん屋を出してもいけるぜ」

左官衆が軽口を飛ばしたから、どちらもいささかあいまいな顔つきになった。

「いらっしゃいまし」

おみねは見世の中で客を出迎えた。

「いい顔色をしてるじゃねえか」

「円造膳、楽しみだぜ」

一枚板の席も、小上がりの座敷も、次々に埋まっていく。

客の声が響きだしたせいか、おみねの背の円造がやにわに泣きだした。

「はいはい、いい子ね」

揺すってあやすくらいでは泣き止みそうにない。

「奥へ行っていいよ。ここはやるから」

ねじり鉢巻きの真造が手を動かしながら言った。

「はい、お座敷、お膳四つ」

おちさが指を四本立てた。

「承知」

真造が短く答えた。

「なら、お乳をやってくるから」

おみねはすまなそうに言って奥の部屋へ向かった。

文佐も厨に入り、急いで膳の支度をする。

あがったところから、真沙とおちさが運ぶ。おみねが動けない分は、初めからつとめる気でいたから、客が立てこんできても動じることはなかった。

「はい、お願い」

文佐が真沙に盆を渡した。

円造膳の顔は、円い椀に盛られた太巻き寿司だ。

干瓢《かんぴょう》に海老に胡瓜《きゅうり》に錦糸卵《きんしたまご》。切ると円い面にとりどりの華やかな色が現れる。

色絵の皿だとせっかくの色合いを殺してしまうから、木目が美しい椀を使う。

これに豆腐と葱と若布の味噌汁と、煮豆とお浸しの小鉢がつく。

「おお、うめえな、この太巻き」

「小判が積んであるみてえで食いでもあるしよ」

「酢の加減がちょうどいいや」

客の評判は上々だった。

円造が寝てくれたので、途中からおみねも膳運びに加わった。

「大丈夫かい、おかみ」

「無理しなくていいよ」

客が気遣う。

「ええ、これくらいなら。またよしなにお願いいたします」

おみねは如才なくあいさつした。

「跡取りにちなんだ膳、前と変わらぬうまさだな」

「いや、寿司なんだから、前より上だ」

客は上機嫌だ。

「毎日、お寿司というわけにもいきませんが、これからもよしなに」

おみねはにこやかに言った。

「おう、また来るよ」

「ここいらの中食なら、わん屋が飛び抜けてうまいから」

客の声を聞いたおみねのほおにえくぼが浮かんだ。

三

わん屋はその後も繁盛が続いた。

川開きが終わると、暑気払いの料理が求められるようになる。わん屋の中食にはそうめんがよく出るようになった。

千鳥屋から仕入れたぎやまんの円鉢に、そうめんが涼やかに盛られる。つゆは大黒屋の蓋付きの塗椀だ。蓋に薬味を載せられるから重宝する。

膳にはおもに天麩羅をつける。美濃屋の青みがかった瀬戸物の円皿に海老やかき揚げを載せて供すれば、見た目も美しく豪勢だ。

「夏はこれにかぎるな」

珍しく中食にやってきた大河内同心が、いい音を立ててそうめんを啜《すす》った。

「ぎやまんの器だと、なおさら涼しげで」

手下の千之助も続く。

「ありがたく存じました」

客を送るおみねの声が響いてきた。

「声に張りがあるじゃねえか」

大河内同心はそう言うと、わっと残りのそうめんを啜った。

「だいぶ調子が戻ってきましたので」

かき揚げの油を切りながら、真造が言う。

「いいことだ」

同心は笑みを浮かべた。

「円造も泣かねえな」

と、千之助。

「だいぶ慣れてきたみたいです」

真造はそう言って、あとわずかになったそうめん膳を仕上げた。

「おあと、お座敷が三膳です」

真沙が急いで戻ってきて告げた。

「一膳はわたしが」

文佐がすぐさま動く。

「よし、あと二膳、すぐできる」

真造は気を入れ直して手を動かしだした。

そこへおみねが戻ってきた。

「おう、うまかったぜ」

大河内同心が白い歯を見せた。

「ありがたく存じます」

おみねも笑みを浮かべる。

「お、機嫌よさそうにしてるじゃねえか」

千之助が円造を見て言った。

「ええ。このところはお客さんにも慣れて」

と、おみね。

「そうやって、だんだんに跡取り息子になっていくんだろう」

同心はそう言うと、少し残してあったかき揚げを胃の腑に落とした。

「そうそう。おもかげ堂さんへ行って、安産の人形をいただいた御礼をしません
と。お産でつらいとき、彫っていただいた狗の人形をぎゅっと抱いたりしていた

ものでー」

おみねは身ぶりをまじえて言った。

「なら、今度つれてきてやろう。ちょうどおもかげ堂の働きで一件落着したところだからよ」

大河内同心はそう請け合った。

「どういう一件で？」

最後の膳を仕上げながら、真造が問うた。

「上方から流れてきた盗賊のねぐらを嗅ぎつけてひっ捕まえたのよ。さすがの働きだったぜ」

同心が答えた。

「ほうびの一つがわん屋の料理ってことで」

千之助が言い添える。

「では、お待ちしております」

おみねが笑顔で答えたとき、そうめん膳の残り二膳ができた。

真沙とおちさがいまや遅しと待ち構えていた。円造を背負ったおみねに少しでも楽をさせようと、みな気張っている。

「はい、お願い」

文佐が真沙に渡した。

「承知で」

真沙が慎重に盆を運んでいった。

「終いをお願い」

真造がおちさに渡した。

「はい」

お運びの娘が座敷に向かった。

「今日も大繁盛だな」

大河内同心があるじに言った。

「おかげさまで」

真造は頭を下げると、額の汗を手でぬぐった。

四

「なんだか、役者の集まりにまぎれこんだみたいだね」

一枚板の席で、七兵衛が笑みを浮かべた。

「ほんと、みなさんお顔立ちが整っておられるので」

円造を抱いたおみねが言う。

「なに、ここのあるじとおかみも負けちゃいねえぜ」

大河内同心が言った。

「跡取り息子もな」

手下の千之助が指さす。

夏の日ざしはだんだんに濃くなってきたが、忍びの血を引くこの男は焼けもせず抜けるように白い肌のままだ。

「ちょっと抱っこさせていただいてよろしいですか？」

そう言って手を伸ばしたのは、おもかげ堂の玖美だった。

「ええ、どうぞ」

おみねの手から玖美の手に赤子が渡る。

「怖くないからね」

おもかげ堂のあるじの磯松が声をかける。

兄が磯松で、妹が玖美、いにしえの木地師《きじし》の血を引くおもかげ堂のきょうだいの肌も、抜けるように白い。からくり人形のほかに普通の人形も控えめにあきなっているおもかげ堂だが、本郷竹町の目立たないところに出ているのれんをたまさかくぐって見世に入った者は、あるじもおかみも動く人形みたいなたたずまいゆえ例外なく驚く。

「はい、よしよし」

玖美があやすと、少し遅れて円造の顔がふっとゆるんだ。

「おっ、笑ったぞ」

大河内同心はそう言うと、梅だれがたっぷりかかった冷奴を口に運んだ。

磯松は鮎《あゆ》の背ごしに箸を伸ばした。狗の人形の御礼に、今日は食べ放題だ。

座敷のほうから真沙が戻ってきた。

「おあと、枡酒《ますざけ》を三つに茄子《なす》焼きを」

厨に向かって告げる。

「はいよ」

文佐がまず酒の支度を始めた。

「茄子は大皿で？」

真造が訊く。

「ええ。『でけえので』っていうご注文だったので」

文佐は声色をまじえて答えた。

小上がりの座敷にはなじみの大工衆が陣取り、先ほどからにぎやかに呑んでいる。

「だったら、戻ったら手伝ってくれ」

真造が言った。

「承知しました。はい、できたよ、真沙ちゃん」

文佐が盆を渡す。

「はあい」

真沙がかわいい声で答えて座敷に運んでいった。

「わたしにもくれるかな、茄子焼き」

隠居が手を挙げた。

「人が頼むと食べたくなりますよね、大旦那さま」

お付きの巳之吉が言う。

「なら、おれもくれ」

同心も続いたから、一枚板の席に笑いがわいた。

結局、みなが注文することになった。真造と文佐は手分けして茄子を焼きはじめた。

火がよく通るように細かく包丁目を入れるのが骨法だ。初めのうちは深く切りすぎてしくじったりしていた文佐だが、もう大丈夫だ。

「いつまでここで修業するんだ？」

大河内同心が問うた。

「わたしはお見世のつとめに戻ったし、もう三峯へ帰ってもいいよって言ってるんですけどね」

と、おみね。

「いや、まだ、腕が甘いので」

いくらかあいまいな表情で、文佐は答えた。

「ここにいたい理由《わけ》があるんだよ、ふふ」

隠居が含み笑いをする。

「あるの？　文佐」

おみねが問う。

「いや……いま忙しいので」

文佐はあいまいな顔つきで答えると、茄子を焼き網の上で裏返した。

大きな円皿への盛り付けは、わん屋ならではのものだった。

普通は横に長い皿に並べていけばいいだけだが、すべての料理を「円く収める」のがわん屋だ。そこで、茄子焼きが渦を巻くように並べ、その真ん中におろし生姜を据え、茄子のあいだに醬油の小皿を置くようにした。

「お待ちどおさまでした」

できあがった大皿を真沙と文佐が運ぶ。

「おっ、目が回るのが来たぜ」

「醬油の小皿をそこへ置くのか」

「でも、うまそうだ」

大工衆は受け取るなり箸を伸ばしだした。

「ちょうどいい焼き加減だね」

隠居も茄子焼きを食して言った。

「茄子焼きはやっぱり生姜醬油だな」

同心も満足げに言う。

「やっぱり、茄子は馬よりこっちのほうがいいわね、兄さん」

玖美が磯松に言った。

「そうだな。おもかげ料理は食べられないから」

磯松はそう言って、おいしそうに焼き茄子を口に運んだ。

「おもかげ料理をつくられたんですか？」

おみねがたずねた。

「ええ、ある方のお求めで」

「やっと身に力が戻ってきたところです」

おもかげ堂のきょうだいが答えた。

茄子で馬をつくったり、人参や大根や甘藷《かんしょ》などで彫り物をしたりして、さまざまな場面を立ち現す。しかるのちに息吹《いぶき》をこめれば、不思議や、頼み主の思い出の場面がありありとよみがえってくる。

それればかりではない。時として、ありえたかもしれない未来もおもかげ料理の場に立ち現れる。おもかげ堂のきょうだいは、そんな離れ業を演じることができた。

「おっ、どうした？」

ぐずりだした円造に、千之助が声をかけた。

「はいはい、どうしたの？　お乳はさっき呑んだわねえ」

おみねが少し困った顔であやす。

「退屈なのかもしれねえな」

同心がそう言って、猪口の酒を呑み干した。

「ああ、それなら例のものを」

玖美が磯松に言った。

「そうだね」

磯松はうしろに置いた大きな包みを探った。

「例のものとは何でしょう」

真造が問う。

「それは、見てのお楽しみということで」

おもかげ堂のあるじの整った顔がほころんだ。

五

おもかげ堂の二人は包みを座敷に運んだ。

一枚板の席の面々も見物に来る。

「これから珍しいもののお披露目があるらしいぜ」

大河内同心が言った。

「へえ、そりゃ楽しみだ」

「早く見せてくんな」

せっかちな大工衆が急《せ》かせる。

「はい、ただいま」

磯松が包みを解いた。

「出ておいで」

玖美が匣《はこ》から取り出したのは、茶運び人形だった。

「ひょっとして、動くのか？」

「まさかな」

大工衆から声が飛ぶ。

「ここにいるおもかげ堂は、江戸でも指折りのからくり人形師なんだぜ。なめちゃいけねえや」

同心がすかさず言った。

「なら、小次郎《こじろう》、これを運んでおくれ」

磯松は人形に向かって言うと、盆の上に茶の入った湯呑みを置いた。小太郎《こたろう》という人形の次につくられた弟分だから小次郎だ。

茶運び人形はゆっくりと一つうなずくと、かたかたと軽快な音を立てながら前へ進みはじめた。

「わあ、すごい」

真沙が声をあげる。

「生きてるみたいだ」

文佐も興奮した声で言う。

「おお、凄《すげ》え見世物だ」

「今日来て良かったぜ」

「こっちまで来るぞ」

大工衆の目の色が変わった。

「どなたか湯呑みを取ってお茶を呑み、また戻してくださいまし」

磯松が言った。

「おう、おれがやるぜ」

棟梁《とうりょう》とおぼしい男が腕を伸ばした。

「よし、偉《えれ》えぞ」

笑みを浮かべて湯呑みを手に取ると、茶運び人形は歩みを止めた。

「わあ、止まったね」

赤子を抱いたおみねが言った。

円造は泣き止み、じっと人形のほうを見ている。

「空になった湯呑みを置きゃあいいのか？」

棟梁が訊く。

「はい、そうしてくださいまし」

玖美が答えた。

「おう」

棟梁が茶を呑み干し、盆の上に湯呑みが置かれた。

すると、小次郎と名づけられた人形は、いくらかぎくしゃくした動きで向きを変えた。そして、きびすを返して戻りはじめた。

「おう、よくできてるぜ」

同心が言う。

「驚いたな、こりゃ」

「ほんとにお運びに使えるぞ」

「眼福《がんぷく》、眼福」

大工衆が口々に言う。

「楽しいね、円ちゃん」

おみねが赤子に言った。

言いやすいから、このところは「円ちゃん」と呼んでいる。

「あ、笑った」

真沙が指さした。

「跡取りさんに買ってやんなよ」

大黒屋の隠居が水を向けた。

「おう、そりゃちょうどいい遊び相手になるな」

同心も言う。

「これはあいにく売り物ではないのですが、ご注文を賜ればべつにおつくりしますよ」

磯松がそう言って小次郎をひょいとつかみあげた。

「どうしよう、おまえさま」

おみねは見物に来た真造にたずねた。

「値はいかほどで？」

真造は声を落として磯松に訊いた。

「さようですね……」

磯松は玖美の顔を見てから答えた。

「役者さんが買う初鰹くらいでしょうか」

もってまわった言い方だ。

「すると、これくらいで？」

真造は片手の指をすべて開いた。

五両か、という問いだ。

「金箔《きんぱく》仕上げなどだとそれくらいになりますが、縁の分も割り引いて、これくらいでおつくりいたします。時はだいぶかかりますが」

磯松は指を三本立てた。

「三両ですか……」

繁盛してきたとはいえ、わん屋にとってはかなりの値だ。

「なら、誕生祝いに三峯大権現に買ってもらいな」

大河内同心が知恵を出した。

「ああ、三両くらいすぐ出してくれるぜ」

千之助が和す。

「なにしろ、三峯大権現だからね。三には縁があるよ」

隠居が笑みを浮かべる。

「だったら、帰ったときに伝えとくよ」

文佐がおみねに言った。

かくして、わん屋におもかげ堂のからくり人形が来る話がたちどころにまとまった。

第六章　八浄餅《はちじょうもち》

一

十日と二十五日、月に二度、わん屋は休む。

六月の二十五日の休み、文佐と真沙は芝居見物に出かけた。近場の両国橋の西詰から薬研堀《やげんぼり》のほうへ少し入った大川沿いに、人気の芝居小屋がある。

しばらく厳しい暑さが続いていたが、幸い今日はいくらか日ざしがやわらいだ。雨もおそらく大丈夫だろう。真造とおみねも円造をつれて両国橋のほうへ出かけることにした。

「これも学びのうちだからな」

赤子を背負った真造が言った。

頑丈で疲れにくい背負子《しょいこ》を買い、おみねと共用で使っている。紐の長さを変えればしっくりと定まるから重宝だ。

「大きな川が見えるからね」

うしろからおみねが言う。

「途中まで橋も渡るぞ」

「おとうが落とさないようにするから」

「船を見せてやろう」

「いいわね、円ちゃん、お船だって」

そんな会話を交わしながら歩いていく。

両国橋の西詰が近づくにつれて、だんだんに人通りが増えてきた。江戸でも指折りの繁華な場所だ。大道芸人や辻《つじ》説法や物売りなど、さまざまな顔が見える。

「おっ、かわいい赤さんだね」

見ず知らずの者から声がかかった。

供の者はつれていないが、どこぞの隠居のようだ。

「ありがたく存じます」

「いつ生まれたんだい？」

「四月の末で」

おみねは笑顔で答えた。

「今日は初めて大川を見せてやろうと思いまして」

真造も歩みを止めて言う。

「へえ、そりゃいいね。名は？」

「円く造るで円造です」

「円い器でお料理を出す、通油町のわん屋の跡取り息子なので」

おみねが如才なく言った。

「はは、なら、今度寄らせてもらうよ」

隠居風の男は笑みを浮かべた。

「お待ちしております」

おみねはていねいに頭を下げた。

二

両国橋はいい風が吹いていた。

真造は背負子から円造を下ろし、夏の光を弾く川面《かわも》を見せてやった。

「船が近づいてきたぞ」

　軽くゆすりながら言う。

「いろんな荷を運んでるの」

　おみねが指さす。

「川はこうして流れて、広い海へ出るんだ」

　よく見えるようにと、真造は円造を高くかざした。

　だが、円造は急にあいまいな顔つきになって泣きだしてしまった。

「おお、よしよし、怖かったか」

　真造があわててあやす。

「そろそろ戻りましょう」

　おみねがうながした。

「そうだな。風に当てすぎて調子が悪くなったら困るから」

「なら、わたしが」

　真造からおみねの腕に円造が渡った。

「ほんとに、日に日に重くなるわね」

　慎重に橋を下りながら、おみねが言う。

「そのうち、重くて持てなくなるよ」

「そのときは、おまえさまが肩車を」

「そうだな。もう少し大きくなったらまた来よう」

そんな話をしながら、西詰に戻ると、いくらか離れたところを歩く二人づれが目にとまった。

文佐と真沙だ。

「お芝居、終わったみたいね」

おみねが言った。

「そうみたいだな。声をかけるか?」

真造が訊く。

「でも、仲良くどこかへ行こうとしてるみたいだから」

おみねが声をひそめて指さした。

目についた茶見世に入り、冷たい麦湯でも呑もうとしているのか、文佐が真沙を手招きしている。

「そうか、邪魔をすると悪いか」

真造が笑みを浮かべた。

「あの二人、いっそ夫婦《めおと》になればいいのに」

おみねがはっきり言った。

「それはわたしも思っていた」

真造がうなずく。

「文佐が帰りたがらないのは、真沙ちゃんがいるからよ」

おみねが言う。

「離れたくないんだな」

と、真造。

「そう。傍《はた》から見てるとすぐ分かる」

おみねが少し苦笑いを浮かべた。

「そのうち、話があるかもしれないな。……お、見世が見つかったみたいだ」

歩きだした二人を見て、真造が言った。

「そうね。近々、切り出されるかも」

若い二人の背を見送りながら、おみねは言った。

わん屋の二人の予感は当たった。

三

翌《あく》る日の文佐と真沙は何がなしに落ち着かない様子だった。ことに文佐は、厨の段取りをいくたびか間違えるほどだった。

二幕目も客は途切れることなく入ったが、座敷で呑んでいた大工衆が腰を上げると、一枚板の席の客だけになった。

例によって、大黒屋の隠居の七兵衛と手代の巳之吉。それに、椀づくりの親方の太平と弟子の真次が陣取っていた。

座敷の片づけが終わると、文佐が真沙と目配《めくば》せをしてから真造に切り出した。

「あの……座敷で、折り入ってお話が」

かなり硬い顔つきで言う。

それを聞いて、真沙が胸に手をやった。

「真次兄さんの耳にも入れたほうがいい話じゃないのか？」

真造は笑みを浮かべた。

「昨日、仲良く茶見世へ入るところを見たの。ふふ」

おみねが含み笑いをした。

円造はお乳を呑んでいまは奥で眠っている。

「えっ、いや、その……」

文佐は急にどぎまぎしはじめた。

「何だい、おめでたい話かい？」

隠居が察しをつけて訊いた。

「うーん、あの……」

文佐はなかなか本丸へ入らなかった。

しびれを切らしたように、真沙が口を開いた。

「文佐さんが」

みながそちらを見る。

「わたしと一緒になりたいと」

真沙は意を決したように言った。

束の間、わん屋に何とも言えない気が漂った。

「……お願いします」

文佐が真造に向かって頭を下げた。

「いいんじゃないか」

真造より先に、次兄の真次が言った。

「そりゃ、めでてえや」

親方の太平が言う。

「薄々、そうじゃないかと思っていたんだがね」

隠居が笑みを浮かべた。

「わたしとおみねには何の異存もないから、あとは依那古神社の兄さんに話を通せばいいね」

真造は白い歯を見せた。

「はいっ」

顔を上げた文佐は、薄紙が一枚剝がれたような顔つきになっていた。

「おめでたく存じます」

気のいい手代の巳之吉が頭を下げた。

「はあ、ほっとした」

文佐は何とも言えない表情で言った。

「すると、三峯大権現へ嫁に行くのかい」

隠居が問うた。

「そのあたりは親とも相談ですけど、宿坊を一緒にやれればと」

文佐は答えた。

「うちで腕を磨いたからね」

おみねが二の腕をたたいた。

「精進の宿坊じゃ出せない料理も多いけど」

と、文佐。

「では、そういう料理を。……お待ちどおさまで」

真造は一枚板の席の客に次の肴を出した。

「これは鰻かい？」

隠居が覗《のぞ》きこんでたずねた。

「穴子です」

「ああ、穴子か」

「似てますからな。……お、穴子だけじゃねえぞ」

親方の顔に驚きの色が浮かんだ。

「海老と合わせてるんだな」

真次が弟の真造に言った。

「穴子と海老の二身焼きで」

真造は笑みを浮かべた。

白焼きにした穴子に金串を打ち、たれを塗って焼いておく。芝海老はたたいてすり身にし、葛《くず》をまぜる。穴子の皮目に片栗粉をまぶし、海老のすり身をていねいにならしてのせて蒸す。冷めたところで、海老のほうにたれを塗って焼けば出来上がりだ。

「手間をかけただけのことはあるね。うまいよ」

隠居が相好を崩した。

「おいしゅうございます」

巳之吉が心底おいしそうに言う。

「こりゃ、夫婦焼きでもいいんじゃねえか？」

親方がふと思いついたように言った。

「ああ、なるほど。二つの身がくっついてるんで」

真造がうなずく。

「若い二人が夫婦になるっていう話が決まったところだし、ちょうどいいかもしれないわね」

おみねも賛意を示した。

「偽蒲焼きにすれば、三峯でも出せるだろう」

真造が文佐に言う。

「ああ、そうですね。海老のほうは紫芋などで色を出せそうだし」

文佐は乗り気で言った。

生《しょう》のものを出せない精進には遊び心を用いた見立て料理がある。水気を切った豆腐と山芋などをすり合わせて巧みに焼けば、見た目は鰻の蒲焼きになる。二身焼き、いや、夫婦焼きと名がいま決まった料理にも充分使えそうだ。

「なら、宿坊をやることになったら出しましょう」

真沙が文佐を見た。

「そうだね」

文佐は白い歯を見せた。

四

三峯大権現と依那古神社へはさっそく文を送った。

長兄の真斎のもとへは、七月十日の休みにみなで出かけることになった。

「あとは、三峯にいつ帰るかだな」

真造が言った。

「円造がもう少し大きくなってからのほうがいいかもしれないけど」

戸締りを終えたおみねが答えた。

「いずれにしても、三峯は上りが厳しいから、わらべの足では上れない。ならば、まだ小さいうちにおっかさんと同じ駕籠《かご》で上ったほうがいいだろう」

一枚板を拭きながら、真造が言った。

「でも、途中で熱でも出されたらと思うと……」

おみねが首をかしげた。

「ああ、そうだ」

真造がふと思いついて言った。

「依那古神社へ行くんだから、そのあたりも兄さんに占ってもらえばいい。行ってもいいということになれば、お祓いを受けておけば万全だ」

「そうね。それはいい案かも」

おみねは愁眉を開いたような顔つきになった。

「なら、まずはそういう段取りで」

「承知」

話はたちどころにまとまった。

文佐と真沙が夫婦になるという話は、翌日からわん屋のそこここで出るようになった。

昨日は二幕目でいなかったおちさはわがことのように喜んだ。さっそく兄の富松に伝えたところ、次の日、仲のいい竹細工職人の丑之助とともにのれんをくぐってくれた。

「なんだか、めでてえことばっかり続くな」

ひとしきり祝いの言葉を述べてから、富松が言った。

「ほんに、しあわせのわんが重なっているような按配で」

笑みを浮かべて言ったのは、的屋のあるじの大造だった。

今日は部屋があらかた埋まったので、家族に後を託し、わん屋でささやかな祝杯を挙げているところだ。

「なるほど、いいことのわんが重なっていくわけですな」

丑之助が目を細くして猪口の酒を呑み干した。

「うちもあやかりたいものですよ」

大造がそう言って、文佐のほうを見た。

開き厨だから、料理人の手の動きが分かる。幾本もの菜箸を使って小気味よく炒《い》り玉子をつくる手つきには、ひときわ気合が入っていた。

「餡《あん》はできたから、仕上げておくれ」

真造が言った。

「承知で」

文佐は鍋を火から下ろし、とろとろの炒り玉子を皿に取った。

「これだけでもうまそうだ」

富松がいくらか身を乗り出す。

「穴子の仕上げにかかるぞ」

真造はおみねが抱いた円造に向かって言った。

「ほら、おとう、気張ってって」

おみねが赤子に言う。

初めのうちは厨の火などを怖がっていた円造だが、いまはすっかり慣れて興味深げに見ている。縦にだっこしても、だんだん首がしっかりしてきた。

ややあって、料理ができあがった。

穴子と炒り玉子の餡かけだ。

「お願いします」

文佐が真沙の盆に黒塗りの椀を置く。

「はい」

真沙がいい声で答えて、富松と丑之助の分を運んだ。

「お待ちどおさまで」

大造には真造が出す。

穴子の蒲焼きにふわふわの炒り玉子をのせ、さらにだしの味がついたとろとろの餡をかける。仕上げに山葵とあさつきを添えれば、なんとも小粋な肴になる。

「これも、しあわせ重ねだね」

的屋のあるじの顔がほころぶ。

「うん、うめえのひと言」

と、富松。

「しあわせをもらったぜ」

丑之助も言う。

今日もわん屋の一枚板の席に笑いの花が咲いた。

五

七月十日——。

西ヶ原村の依那古神社の鳥居の前に、一挺《ちょう》の駕籠が止まった。

「へい、お疲れで」

「あんまり泣かずに偉かったな」

駕籠屋が労をねぎらう。

「ありがたく存じました」

円造を抱いたおみねが礼を言って代金を支払っているところへ、額の汗を拭いながら真造が走ってきた。

気になるから駕籠について駆けてきたのだが、途中にいくつか坂もあって、だいぶ息があがってしまった。

「なら、これで」

駕籠屋が去っていく。

「ああ、お疲れさま」

真造が声をかけた。

本殿のほうから、狩衣姿の真斎が歩いてきた。

「ほら、円ちゃん、神主の伯父《おじ》さんよ」

おみねが赤子に言う。

「ようこそ」

真斎の白い歯が覗いた。

「駕籠について走ってきたら汗をかいたよ」

真造が苦笑いを浮かべた。

「主役の二人は歩いてきますので」

おみねが告げる。

「では、本殿で待つことに」

宮司が答えた。

「ほら、だっこしておもらい」

おみねが円造を真斎のほうへ渡した。

「ほほう、いい子だ」

真斎が笑みを浮かべる。

真造はその表情をじっと見ていた。長兄は神社を護《まも》るばかりでなく、請われてほうぼうへ邪気祓いに出かけたりしている。何か気がかりな影が走ったらとそこはかとなく危惧していたが、幸いそういう色は微塵《みじん》も見られなかった。

「大きゅうなれ。あとでお祓いをしてあげるからな」

真斎はそう言うと、またおみねの手に円造を渡した。

本殿には固めの盃《さかずき》の用意がなされていたが、主役たちの到着はまだ先だ。わん屋の一行は本殿に上がって待つことにした。

弟子の空斎が神水と干菓子を運んできてくれた。お茶よりも冷たい神水のほうがありがたい。依那古神社の境内に湧き出る神水は身も心も浄《きよ》められるようなおいしさで、遠くから汲《く》みに来る者もいるほどだった。

宮司のなかには妻帯する者も多いが、真斎は神にその身を捧《ささ》げることを決意していた。祓わねばならぬ邪気には剣呑《けんのん》なものもある。高い霊力を持していなければ、とても太刀《たち》打ちできない敵も現れる。そのために、日頃よりの精進潔斎は欠かせなかった。

「ああ、おいしい」

神水を呑んだおみねが感に堪えたように言った。

「ほんとに、うまいね。帰るたびにそう思うよ」

と、真造。

「この水をお料理に使えれば、なおおいしくなると思うんだけど」

おみねが言う。

「さすがにここまで汲みに来るわけにはいかないけどね。蕎麦打ちに使えれば、びっくりするほどおいしい蕎麦になると思う」

真造がいくらか残念そうに言った。

「蕎麦打ちはちょっと稽古したりしてるんです」

空斎が声をかけた。

「そうなんだ。うまくできるかい？」

真造が若い神官に問う。

「まだまだ腕が甘いので」

空斎が軽く手を振った。

「だいぶましにはなってきたがな」

真斎が笑みを浮かべた。

「なら、うちでちょこっと修業してみたらどう？」

おみねが水を向けた。

「そうそう、的屋さんに泊まってね」

真造も和す。

「いいよ、行っても」

宮司の許しが出た。

「では、そのうちに行かせてもらいます」

空斎が頭を下げた。

文佐と真沙はまだ来そうにない。先に円造のお祓いを済ませておくことになった。

「そうだ、兄さん。真沙の嫁入りに付き添うかたちで、円造もつれて三峯へ行こうかと相談していたんだけど、大丈夫かどうか占ってもらえれば」

「途中で熱でも出されたら難儀なので、どうしようかと。親は孫の顔を見たがってると思うんですけど」

わん屋の二人が言った。

「分かった。お祓いがてら占ってみよう」

依那古神社の宮司は快く請け合った。

ややあって支度が整い、本殿に朗々たる祝詞が響きはじめた。

それが怖かったのかどうか、円造がやにわに火がついたように泣きだした。

「はいはい、大丈夫よ。いい子ね」

おみねがあわててあやす。

それでも円造は泣き止まなかったが、真斎が祝詞を終えて向き直り、ひとしきり大幣《おおぬさ》を振ると、急にぴたりと泣き止んだ。

最後に一礼する。

真造とおみねも頭を下げた。

宮司は再びきびすを返し、ご神体の火打ち石の前に吊るされた鏡に向かった。

示し給《たま》え、導き給え、八百万《やおよろず》の神々……

祝詞が響く。

大幣が動く。

宮司はじっと鏡を見た。

そして、やおら向き直り、表情を和らげて言った。

「行ってもいいぞ」

六

その後、神社を訪れた参拝客の祈願をし、一段落ついた頃合いに、ようやく文佐と真沙が到着した。

文佐は真斎と初対面になる。初めのうちは顔つきがやや硬かったが、まもなく打ち解けた。

「では、固めの盃を終えてから、行く末の安寧を願ってお祓いを」

真斎が重々しく言った。

「お願いいたします」

文佐は深々と一礼した。

儀式は粛々と進んだ。

しばらくまたぐずっていた円造だが、おみねが奥でお乳をやると満足して眠った。静かになった本殿に、神官の張りのある声が響く。

真沙は感慨深げな面持ちだった。無理もない。生まれ育った依那古神社を離れ、これから遠い三峯大権現へ嫁に行くのだから。

やがて、ひときわ朗々たる声が響き、若い二人の門出を祝う祝詞が終わった。

「ありがたく存じました」

文佐の親がわりのおみねが頭を下げた。

ほっ、と一つ文佐が息をつく。

「では、儀式はこれにて」

真斎はそう言うと、ぽんぽんと軽く手をたたいた。

「はい、ただいま」

空斎が大きな盆を運んできた。

皿がいくつも載っている。

「わあ、見ただけで味が分かるやつ」

真沙が笑って言った。

「これは、おはぎ?」

文佐が問う。

「ううん、お餅の上に餡が載ってるの」

真沙が答えた。

「八方除けにちなんだ八浄餅《はちじょうもち》だ。へらで餡を八つに分けてある」

真斎が言った。

「依那古神社の名物で、参拝客が土産に買ってくれるんだ」

と、真造。

「ただ、少ししかつくらないのに売れ残ることが多くて」

真沙が文佐に言う。

「そうか、売れ残ったものを食べていたから、見ただけで味が分かるんだ」

「当たり」

真沙がおどけたしぐさをしたから、邪気祓いの神社の本殿に笑いがわいた。

空斎が茶を運んできた。八浄餅を味わいながら、さらに話が続く。

「うん、甘さがちょうど良くておいしいね」

文佐が言った。

「つくり方は分かるから、宿坊でも出せるかも」

真沙が先のことを言う。

「もう宿坊のおかみさんみたいね」

円造をあやしながら、おみねが言った。

「それで、三峯へ行く日取りなんだけど、兄さん」

真造が機を見て真斎に言った。

「いつごろ行くつもりなんだ？」

真斎が問うた。

「円造が生まれてから百日目のお食《く》い初《ぞ》めを、向こうの宿坊でできればと思ってるんだ」

おみねと相談してきたことを、真造は伝えた。

「少し待っていろ」

真斎はそう言うと、立ち上がって奥へ向かい、鏡の前に端座した。

みな話を止めて待つ。茶を啜る音だけが響いた。

祝詞を小声で唱え、鏡をじっと覗きこんでいた真斎は、やがて一つうなずいて立ち上がった。

そして、笑顔で戻ってきて告げた。

「いいぞ。上々吉《じょうじょうきち》だ」

それを聞いて、みなの顔がいっせいにほころんだ。

第七章　江戸納め

一

七月のわん講はお盆と重なるため、十五日ではなく二十日にずらすことになった。

そのわん講に、美濃屋のあるじとともに墨染の僧が姿を現した。

「こちらは、わん市の場所をご提供していただくことになっている光輪寺のご住職です」

美濃屋正作が手つきをまじえてわん屋の面々に紹介した。

「文祥と申します」

丸顔の僧が両手を合わせて一礼した。

「これはこれは、ようこそのお運びで」

真造が礼を返した。

「おみねさんは奥かい？」

一緒に来た七兵衛が問うた。

円造の泣き声がここまで響いてくる。

「ええ。ぐずりだしたので、お乳をやりだしたところです」

真造が答えた。

「では、のちほどごあいさつできればと」

文祥和尚は笑みを浮かべた。

「ご住職はもちろん精進物でございますね？」

いくらかあわてた様子で真造が問うた。

来ると分かっていればいろいろと仕込みもしたのだが、いま段取りを進めている料理はお坊さまに出せないものが多かった。

「戒めがありますもので、相済みません。ただ、味噌や砂糖まで不可とする厳格な宗派ではございませんので。葱なども少しならかまいません」

光輪寺の住職がよどみなく言った。

「だしの鰹節は駄目でございますね？」

文佐が厨から問うた。

「相済みません。昆布や干し椎茸などでお願いできればと」

文祥和尚はまた両手を合わせた。

「承知しました。お任せくださいまし」

真造が請け合った。

大黒屋の隠居と美濃屋のあるじとともに、和尚は座敷に上がった。

おみねは泣き止んだ円造をつれてあいさつに行った。

「ようこそのお越しで。おかみのみねと申します」

背に赤子を負うたおみねが一礼する。

「光輪寺の文祥です。何の触れもなくお邪魔をして、世話をかけます」

僧がていねいに言う。

「ほら、わん市のお寺の和尚さまだよ」

七兵衛が円造に言った。

おみねが下ろしてだっこすると、墨染の衣が珍しいのかどうか、円造は何とも言えない表情になった。

「これはこれは、いい顔立ちの跡取りさんだね。さ、こっちへおいで」

文祥和尚は丸顔をさらに丸くして両手を伸ばした。だっこしてあやす。なかなかに堂に入ったしぐさだった。

「お、笑ったよ」

隠居の顔がほころぶ。

「良かったわね、円ちゃん」

おみねのほおにえくぼが浮かんだ。

二

わん講の面々はだんだんに集まってきた。

ぎやまん唐物処の千鳥屋の主従が来た。竹細工の職人の丑之助は仕事が押していて来られないということだが、おちさの兄の富松は来た。盆づくりの松蔵に、椀づくりの太平、その弟子の次兄の真次も顔を見せ、それぞれに文祥和尚にあいさつをした。

五月のわん講は円造のお披露目だったが、七月は文佐と真沙が一緒になるお披露目を兼ねている。鰈《かれい》の薄造りの大皿を運んできた二人に、さっそくほうぼうから祝いの言葉が飛んだ。

「そうかい。三峯大権現に嫁ぐのかい」

千鳥屋の幸之助が真沙に言った。

「ええ。おかみさんと入れ替わりみたいですけど」

真沙が笑みを浮かべて答えた。

「いつ行くんだい？」

盆づくりの松蔵がたずねた。

「八月に円ちゃんのお食い初めがあるので、それに合わせて三峯へ行く段取りになってます」

真沙ははきはきした口調で答えた。

「江戸へ修業に来て良かったな」

椀づくりの親方の太平が文佐に言った。

「ええ。おかげで、えへへ」

「えへへ、じゃねえだろ」

「うらやましいねえ」

「何にせよ、めでたいかぎりだ」

「次はそちらのややこだな」

ほうぼうから祝いの言葉を受けて、文佐と真沙はほんのりとほおを染めた。

料理は次々に出た。

お付き衆に出されるものもあるから、盆が運ばれてくるたびに期待のまなざしが注がれる。

「これはみなさんにも」

おみねがそう言って椀を置いたのは、生姜と枝豆の炊き込みご飯だった。

「わあ、おいしそう」

「いただきます」

手代たちがすぐさま箸を取る。

「これは生《しょう》のもののだしを使っておりませんので、ご住職もどうぞ」

真造が自ら椀を置いた。

「ありがたく頂戴いたします」

文祥和尚が両手を合わせた。

「こちらは相済みません」

真沙が先にわびて差し出したのは、烏賊《いか》のけんちん蒸しだった。

「また目が回るのが来たね」

七兵衛が笑う。

品のいい色絵の円皿に、詰め物をした輪切りの烏賊が円く盛り付けられている。

「いろいろ詰めて、蒸してから餡をかけているんだね」

千鳥屋のあるじが少し覗きこんで言った。

「水切りした豆腐に木耳《きくらげ》、刻んだ烏賊などを詰めてあります」

講釈は文佐が受け持った。

「とろっとした餡が上品でおいしいよ」

いち早く食した大黒屋の隠居が言った。

「ところで、ご隠居、旗指物のほうは」

太平が問うた。

「おお、そうそう、ここいらでお披露目をしよう」

七兵衛はそう言ってお付き組のほうを見た。

「はい、承知で」

手代の巳之吉が立ち上がり、持参した袋を開けた。

中から丸めた旗を取り出し、隠居に渡す。

「なかなかの仕上がりだよ」

七兵衛は旗を開いて一同に見せた。

癖がついているところは巳之吉が手で持つ。

わん市

染め抜かれている文字は三つだけだが、四隅にとりどりのわんの絵も描かれている。

「ほほう、これはいいですね」

千鳥屋の幸之助がまず言った。

「明るい山吹色に黒い字だから、遠くからでも目立つでしょう」

美濃屋の正作がうなずく。

「これはどこに立てるんです?」

真次が問うた。

「お寺の門の前がいいだろうね」

七兵衛が答えた。

「御開帳に合わせての開催ですから、おのずと目に入るでしょう。寺の若い僧にも案内をさせますので」

　文祥和尚が笑みを浮かべた。

「あとは、刷り物ですな。……よし、もういいよ。しまっておいてくれ」

　七兵衛は巳之吉に旗を渡して座った。

「知り合いの戯作者は筆が遅いほうで。そろそろせっついておきましょう」

　美濃屋のあるじが言った。

　ここでまた料理が運ばれてきた。

「茄子焼きでございます」

　真沙が盆を運ぶ。

「和尚さまは削り節なしで。あとで奴豆腐もお持ちいたします」

　おみねがそう言って円皿を置いた。

「恐れ入ります」

　僧が両手を合わせる。

　少し遅れて、真造と文佐が次の料理を運んだ。

「これはお付き衆にも」

真造がそう言ったから、座敷に歓声があがった。

「鯵の茗荷巻きでございます」

文佐が涼やかな碗に盛り付けた料理を置く。

鯵の身に味噌を塗り、茗荷を巻きこんで串に刺す。これをこんがりと焼いて刻んで青紫蘇《あおじそ》を散らせば、酒がすすむ小粋な肴になる。

「おいしゅうございます」

「まさかこんな凝ったものをいただけるとは」

「来て良かった」

お付き衆は満面の笑みだ。

文祥和尚のもとへは、真沙が奴豆腐を運んだ。

「これはまた涼しげですね」

僧が笑みを浮かべて受け取る。

「手前どもの自慢の鉢でございますから」

ぎやまん唐物処のあるじが、すかさず言った。

ぎやまんの鉢に盛られた豆腐に、貝割れ大根とおろし生姜が添えられている。

わん屋は筋のいい豆腐屋を使っているから、奴だけでも存分にうまい。

「人が食べているのを見ると、おのれもほしくなるね」

七兵衛が言った。

「では、ご隠居さんにも」

真沙が笑顔で言った。

「なら、わたしも」

「おいらもくんな」

手が次々に挙がった。

三

八月に入った。

わん屋の前にこんな貼り紙が出た。

七日よりしばらくお休みさせていただきます
三みねへまゐります
今月のをはりごろより

またはじめます

わん屋

「これでいいわね」

背に円造を負うたおみねが言った。

駕籠を乗り継いで行けるところまで行き、あとは真造が背負って三峯まで上ることにしている。

「的屋さんにも伝えておくよ」

真造が言った。

「そうね。出前もお弁当もできないから」

「なら、さっそく行ってくる」

真造は右手を挙げて旅籠に向かった。

わん屋のあるじの姿を見ると、的屋のおかみの顔がぱっと輝いた。

「ああ、ちょうどいいところに。長逗留のお客さまが、小腹が空いたので何かさっぱりしたものをお部屋で召し上がりたいとおっしゃってるんです」

おかみのおさだが言った。

「さようですか。では、中食につけた稲荷寿司とそうめんあたりでいかがでしょう」

真造は答えた。

稲荷寿司は多めにつくったから、いくらか余っている。暑気払いのそうめんもさほど時はかからない。

「いいですね。お二人なんですが、足りましょうか」

おさだは指を二本立てた。

「ええ、足ります。では、さっそく。あ、それから……」

真造は肝心な用件を告げた。

あるじの大造と看板娘のおまきも出てきた。七日からしばらく休む旨を伝えると、的屋の面々はしっかり留守を預かると請け合ってくれた。これでひと安心だ。

「では、のちほど取りにうかがいます。真沙ちゃんと話もしたいので」

おまきが笑顔で言った。

「お願いします」

真造も笑みを返した。

四

「いよいよお嫁入りね」

出前を取りに来たおまきが言った。

「うん。帰れって言われたらどうしよう」

半ばは戯れ言で真沙が言った。

「言われないわよ」

旅籠の看板娘が言った。

「おまきちゃんもそろそろじゃないのかい?」

今日も一枚板の席に陣取っている隠居が言った。

「ええ、まあ、うーん」

おまきは急にあいまいな表情になった。

「真沙と同い年なんだから、話はあるだろう?」

そうめんの薬味の葱を刻みながら、真造が言った。

「でも、お婿さんに旅籠を継がせるのか、弟の大助にやらせるのか、そのあたりも決まっていないので」

おまきが答えた。

「やる気はあるのかい、弟は」

隠居が訊く。

「ええ、やる気はあるみたいなんですけど、まだあんまり声も出ないので」

と、おまき。

「そりゃ、おさださんや大造さんやおまきちゃんが先に言ってしまうからだよ。いざ若あるじになったら、嫌でも出さざるをえなくなるから」

七兵衛が言った。

「なら、おまきちゃんもどこぞへお嫁入りね」

真沙が勝手に話を進める。

「ああ、それなら」

いままで黙って話を聞いていた手代の巳之吉がやにわに口を開いた。

「せっかくわん講があるんですから、そのつながりでお婿さんを探してみたらいかがでしょう、大旦那さま」

「ほほう、いいことを言うね、おまえは」

隠居が表情を崩した。

「ほんに、それはいい案だと」

おみねが乗り気で言う。

「だったら、いい人がそのうち見つかるわよ」

真沙が言った。

「だれか心に決めた人がいるのかい？」

隠居がおまきに問うた。

「いえいえ、そんな」

的屋の看板娘は顔を真っ赤にして手を振った。

「なら、わん市が無事終わったら、次はおまきちゃんのお婿さん探しだね」

隠居は笑顔で言った。

おまきはべつに嫌だとは言わなかった。

「はい、上がったよ」

真造が言った。

見世ならそうめんはぎやまんの器で出すが、万が一割られたら痛い。そこで、出前のときは黒い塗椀を用いていた。つゆを入れた器の蓋に薬味を載せておく。

それに、揚げに味のしみた稲荷寿司の皿が付く。こちらには、ほど良い甘みのがりを加えておいた。

「では、いただいていきます」

まだいくらか赤い顔で、看板娘は倹飩箱をつかんだ。

五

時はあっという間に経《た》ち、明日はいよいよ三峯へ発《た》つことになった。

すでに荷はまとめ、駕籠の段取りも整えてある。ふもとの宿場まではおみねと円造だけ駕籠を乗り継ぎ、あとを真造が速足で追う。文佐と真沙は落ち合う宿場だけ決めておく。なるたけ分かりやすい場所の旅籠にすれば、はぐれることはない。

「江戸も当分見納めだな」

一枚板の席に陣取った大河内同心が真沙に言った。

「ええ。たまには依那古神社に里帰りをと思ってるんですけど、なにぶん三峯は遠いもので」

真沙が答えた。

「今度はややこをつれて帰らないとな」

しばらく会えないから、今日は一人で来た次兄の真次が言った。

「そりゃ気が早いって、兄さん」

真沙がいなす。

「とにかく、行くだけで大変《てえへん》だからな、三峯大権現は」

大河内同心はそう言って、獅子唐《ししとう》の油炒めに箸を伸ばした。

胡麻油で揚げたじゃこと和えると、香ばしい恰好の酒の肴になる。

「まあ、この時分だからまだ雪は降りませんけど」

円造を背負ったおみねが言った。

首もしっかり据わり、だんだん頼もしくなってきた。これなら長旅も大丈夫だろう。

「女人禁制らしいが、平気なのかい」

下戸の千之助が茶を呑みながらたずねた。

「だって、お嫁に行くんですから。わたしは里帰りで」

おみねがおのれの胸を指さした。

「三峯には巫女もおりますので。寺のほうは禁制になってますけど」

文佐が言った。

明治の廃仏毀釈の波に洗われるまで、三峯は大権現で神社だけではなかった。当時から尊崇を集めており、三峯講という講を組み、長い準備を経て諸国からお参りに来る者が多かった。

「なら、宿坊の給仕とかはできねえわけだ」

同心が軽く首をかしげた。

「わたし、巫女さんやってましたから」

真沙が笑みを浮かべた。

「そっちのほうで気張ってもらえればと」

文佐が言う。

「宿坊の厨と離れ離れになっちまうが、それでいいのかい」

同心が言った。

「それは仕方ありませんから」

文佐が白い歯を見せた。

「三峯まで一気に上るのかい」

千之助が問う。

「そりゃ無理だろう。おめえじゃねえんだから」

と、同心。

「ふもとの秩父でゆっくりして、円造の調子や天気を見てから上るつもりです」

真造が言った。

「肝心なのはおまえさまだから」

おみねが言う。

「円造を背負って上らなきゃならないから、途中で足でもくじいたら大変だ」

真造が笑みを浮かべた。

「宿のあたりはついてるのかい」

同心が訊く。

「ええ。大陽寺《たいようじ》へ行く道と分かれるあたりに、麓屋《ふもとや》さんという古くからの旅籠があるんです。わたしもむかしお世話になったので、できれば泊まりたいんですけど……」

おみねはそこまで言って真造の顔を見た。

「もしやっていなかったら、あのあたりにほかに旅籠はないので」

「なら、もっとふもとの秩父で宿を取って、麓屋さんに立ち寄って行けばどうだ？」

真造が答えた。

「そうね。それが無難かもしれないわね」

おみねがうなずいた。

大陽寺は禁制の三峯大権現にお参りできない女人たちが参詣する古刹《こさつ》だ。むろん宿坊もあるが、ふもとにも旅籠がある。

「おう、それでいきな」

同心が身ぶりをまじえて言った。

「とにかく、達者でね」

おちさが真沙に言った。

いつもは中食までだが、真沙が今日で終いだから残っている。

「うん、ありがとう」

真沙が笑みを浮かべた。

「そうそう、兄ちゃんからの餞別《せんべつ》を」

おちさはふところから小さな包みを取り出した。

「まあ、そんな」

真沙が申し訳なさそうな顔つきになる。

「夫婦《めおと》になる祝いでもあるから。開けてみて」

おちさがうながす。

「わあ」

包みを開いた真沙が歓声をあげた。

富松が心をこめてつくった夫婦箸だ。

「ありがたく存じます」

文佐が頭を下げた。

「名前まで入ってる」

真沙が目をくりくりさせた。

「大事にしねえとな」

大河内同心が笑みを浮かべた。

「はい」

真沙がいい声で答えた。

三峯の宿坊の厨に入れば、来る日も来る日も精進ばかりだ。生のものをさばくのはこれで終いになるかもしれない。文佐は感慨深げだった。

「なら、最後に鯵の焼き霜づくりを仕上げてくれ。江戸納めの料理だな」

真造が言った。

「江戸納めか。いいじゃねえか」

同心がそう言って猪口の酒を干す。

「承知で」

文佐は気の入った声で答えた。

鯵を三枚におろして皮を剝ぎ、熱した金串を押し当てて焼き目をつける。こうすれば臭みが取れるし、縞《しま》の模様がついて見た目も楽しい。土佐酢につけて食せば、こたえられない肴になる。

「はい、お待ちで」

文佐は同心に浅めの円鉢を出した。

「おう、終いの仕事だから、気を入れて食わねえとな」

大河内同心が渋く笑う。

「食うほうは気を入れなくったって」

千之助が苦笑いを浮かべた。

「なに、何事も気だ。上りも気を入れて歩きな」

真沙と文佐に言うと、同心は焼き霜づくりを口中に投じた。

「いかがです?」

おみねが問う。

わざと気をもたせて間を置くと、同心は芝居がかった声を発した。

「うめえ」

そのひと言で、わん屋に笑いがわいた。

第八章　三峯行

一

「やっとここまで来たわね」

円造を抱いたおみねがそう言って息をついた。

長い道中だったから何度も泣いたが、そのたびにおみねと真造が代わる代わるあやしてきた。

「さすがに遠かったな」

真造が苦笑いを浮かべた。

「ここから最後の険しい上りですから」

文佐が言う。

「しっかり食べとかないと」

真沙が夕餉の膳を手で示した。

ここは秩父の旅籠――。

札所巡りをする者もよく使うらしい老舗《しにせ》の旅籠に荷を下ろし、ひと息ついたところだ。

わん屋の一行も、途中で目についた札所に詣で、この先の無事と平安を祈った。

どこへ行っても、円造は大の人気だった。いろいろな人にだっこされたおかげか、むやみに泣くこともなくなった。さまざまな名刹の立派な本尊を見て、何も分からないなりに目を瞠《みは》ったりしていた。初めはずいぶん迷ったが、つれてきて良かったと真造とおみねは思った。

「もう山の恵みがたくさん出てるんだね」

真造がそう言って、茸《きのこ》の天麩羅に箸を伸ばした。

「お箸が迷うくらい」

おみねが肉厚の椎茸の天麩羅をつまむ。

「わたし、これ」

真沙が松茸をさっとさらった。

「おれが食べようと思ったのに」

と、文佐。

「早い者勝ちだから」

真沙は笑みを浮かべた。

ほどなく、旅籠のおかみがまた盆を運んできた。

「秩父名物のたらし焼きでございます」

にこやかに告げて皿を置く。

「ほう、たらし焼きですか」

真造が身を乗り出した。

「はい、小葱と紫蘇の葉を細かく刻んで練りこんでから焼いております」

おかみはにこやかに答えた。

「では、さっそく」

「わたしも」

箸がほうぼうから伸びた。

「これは味噌仕立てですね」

文佐が言った。

「ええ。味噌も練りこんでおります。味噌仕立てにせず、砂糖醤油でいただけばおやつにもなります」

「それもおいしそう」

真沙が笑みを浮かべた。

「のちほど、また秩父名物をお持ちしますので。どうぞごゆっくり」

おかみは如才なく言って下がっていった。

しばらく経って運ばれてきたのは、おっきりこみだった。秩父ばかりでなく上州でも名物で、幅の広いうどんを具だくさんで煮込んである。茸と根菜だけでもたくさんの品数だ。

「これはうちの宿坊でもお出ししています」

文佐が白い歯を見せた。

「冬場はことに冷えるので、あったかい麵がいちばん」

おみねが言う。

「あたたかいつゆがしみますものね。……ああ、おいしい」

真沙が満足げな顔つきで言った。

円造は畳のへりが面白いらしく、しきりにつかもうとしていた。

「おまえも、もう少し大きくなったらいろんなものを食べられるからな」

真造が父の顔で言った。

「楽しみね」

母が情のこもったまなざしでわが子を見た。

二

翌朝、秩父の旅籠を出た一行は、いよいよ三峯大権現へ向かった。

「麓屋さんがやってるといいんだけど」

杖《つえ》をついて歩きながら、おみねが言った。

「行きに通ったときはやってるように見えたけど」

文佐が言う。

「念のために、お昼は宿で握り飯をつくってもらったから、もしやっていなかったらそのまま上るしかないな」

背に円造を負うた真造が言った。

もう首がしっかり据わっているから、多少の長旅でも平気だ。

しばらく進むと、向こうから三峯帰りとおぼしい一行がやってきた。

麓屋という旅籠のことを訊くと、ちょうど泊まっていたらしい。

「ああ、良かった」

おみねがほっとしたように言った。

だが、その表情はほどなく曇った。

あるじが中風で体を存分に動かせず、跡取り息子はまだ若くて出てきた料理が芳しくなかったらしい。

「生焼けの鮎には参ったね」

「あれじゃ流行《はや》る宿も流行らねえや」

「飯もべちゃべちゃしててよ。悪いが、そのうちつぶれるぜ」

江戸から三峯講を組んでやってきたという一行は、口々に悪《あ》しざまに言った。

それを聞いて、わん屋の一行の憂色が募った。

おみねが真造とともに江戸へ向かうときも、麓屋に逗留した。夫婦で世話になり、励ましてもらった旅籠だ。

「とにかく、寄ってみて話を聞かないと」

おみねが言った。

「そうだな。何か力になれればいいんだが」

真造も引き締まった表情で言う。

「兄さんが料理の指南をすれば？」

真沙が水を向けた。

「ああ、それがいいですね」

文佐も和す。

「そうだな。行きはともかく、帰りにでも」

真造は乗り気で言った。

しばらく歩くと、分かれ道が見えてきた。

「ああ、あれね」

おみねが指さす。

看板も見えてきた。

おやど　ふもとや

だいぶ古くなっており、「ど」は「と」に見えた。

「まずは行ってみよう」

真造が足を速めた。

三

「まだそんな歳でもねえのに、中風になっちまって、情けねえかぎりで」

麓屋のあるじの仁三郎《にさぶろう》が顔をしかめた。

真造とおみねが泊まったときは生気に満ちあふれていたが、病のせいでずいぶんとやつれて見えた。杖にすがればどうにか歩くことはできるが、厨での立ち仕事は無理そうだ。

「でも、身を動かすことはできるので、ちょっとずつ元へ戻っていけばと」

おかみのおうめが言う。

「戻るかねえ」

仁三郎が首をひねる。

「大丈夫よ、おじさん」

おみねが励ます。

「料理は跡取りさんにいくらでもお教えしますから」

真造も笑みを浮かべた。

「ああ、それはぜひ。せっかくお客さんが見えても、下手《へた》な料理を出して怒られたりするもので」

おうめが情けなさそうな顔で言った。

「おれは、川で獲った魚をさばいてお出ししてたんだが、あいつにゃそういう度胸がねえんだ」

仁三郎がひざをぱしんと手で打った。

いかにも歯がゆそうな顔つきだ。

ほどなく、跡取り息子の卯太郎《うたろう》が盆を運んできた。

「お待たせしました」

覇気のない声で言う。

「もっと腹から声を出せ」

いくぶんかすれた声で、父が叱る。

「へえ」

あいまいな返事をすると、左前の旅籠の跡取り息子は料理の皿を置いた。

秩父の旅籠で握り飯をつくってもらってあるが、ほかに軽めのものをおまかせで頼んだ。

「生芋の蒟蒻のお刺身ね」

おみねがすぐさま言った。

「秩父の料理だな」

円造をあやしながら、真造が言った。

「これはうちの宿坊でも出してます」

文佐が言う。

「宿坊と言うと、三峯大権現で？」

おうめが問う。

「ええ。江戸のわん屋さんで修業させていただいて、これから帰るところです。こちらが師匠で」

文佐は真造を手で示した。

「それから、いちばんの江戸土産がこちらのお嫁さん」

おみねが真沙を示す。

「まあ、それはそれはおめでたいことで」

おうめが笑顔で言った。

「この子のお食い初めも三峯でやることになったので、これから上るところなんです」

おみねがそう言って、円造のほうへ手を伸ばした。

「ほら、おかあのとこへ行っといで」

真造が渡す。

「おめでたが重なって、よござんしたね」

仁三郎が言った。

「ほんに、いい顔だちのお子さんで」

おうめも笑みを浮かべる。

「こういうときは、おめえも何かしゃべるんだ」

ぼうっとしている卯太郎に向かって、また歯がゆそうに仁三郎が言った。

「へえ……」

跡取り息子はまた煮えきらない返事をした。

握り飯に蒟蒻の刺身、それに芋田楽などを食しながら、さらにしばらく話をした。

卯太郎はおしなべて魚が苦手らしい。目がついている魚は食すのもさばくのも得手ではないというのだから、客に生焼けの鮎の塩焼きを出して叱られるのも無理はなかった。

「おれならいくらでもさばけるのに、立ち仕事ができねえもんで、旅籠が落ちぶれていくのをむざむざと見てるばかりで」

麓屋のあるじはそう言って唇をかんだ。

「魚が苦手なら、無理に出さなくてもいいでしょう。おのれの得意な料理だけ出すようにすれば、お客さんに伝わるはず」

真造が言った。

「ああ、そのほうがいいかも」

おみねがすぐさま賛意を示した。

「おのれの得意な料理……」

跡取り息子の目の色が変わった。

「麓屋の名物料理は川魚なんですが」

仁三郎が首をかしげた。

「でも、おまえさんはできなくなってしまったんだから、変えるところは変えていかないと」

おうめの声に力がこもる。

「何か得意料理はあるかい？」

真造は跡取り息子にたずねた。

「山菜とか茸とかは好きで、炊き込みご飯や天麩羅だったら」

卯太郎はいくらか張りが出てきた声で答えた。

「天麩羅はうまいんですよ」

おうめがいいところをほめる。

「なら、それを伸ばしていけばいい。蕎麦はどうだ？」

真造はさらに問うた。

「蕎麦はあんまり……おっきりこみだったら、太くてもいいので」

卯太郎は答えた。

「いいわね。山菜や茸がたっぷり入ったおっきりこみ」

おみねが言う。

「それに天麩羅と炊き込みご飯がついたら、もうおなかいっぱい」

真沙が帯に手をやった。

「そのほかに秩父の料理を出したら、べつに精進でもいいでしょう」

文佐も言った。

「まあ、せがれがやる気になってくれるのなら」

川魚に未練がありげな仁三郎も折れた。

「では、帰りにかき揚げなどを教えよう。小ぶりの鍋はあるか?」

真造は卯太郎に訊いた。

「へえ、あります」

初めと打って変わったいい声が返ってきた。

「よし。それなら帰りに修業だ」

真造は白い歯を見せた。

四

「こんなに遠かったかしら」

おみねがそう言って額の汗をぬぐった。

「上れども上れども山だな」

さしもの真造もうんざりしたように言う。

円造を背負っての上りだから、なおさらこたえる。円造が泣きだすたびに、おみねが乳をやったりしているから、なかなか思うように進まなかった。

「途中に茶見世とかあったらいいんだけど」

真沙もだいぶあごが上がってきた。

「もし茶見世があったら、あるじは狐《きつね》か狸《たぬき》だよ」

文佐がそう答えたから、一行の顔にやっと笑みが浮かんだ。

「まあ、遠くはなってないから」

おみねが気を取り直して言う。

「一歩進むたびに近づいてはいるからな」

と、真造。

「文句を言わずに歩こう」

「そうね」

文佐と真沙も続いた。

その後も休み休み上っていった。

途中で三峯帰りの一行と出会った。日のあるうちに秩父まで行けるかどうか案じていたので、麓屋に泊まることを勧めておいた。

「茸の天麩羅とおっきりこみがおいしいそうですよ」

おみねが如才なく言う。

「そうか。そりゃいいことを聞いたど」

「今日の泊まりはそこにするべや」

訛《なま》りのある一行は喜んで下っていった。

そうこうしているうちに、雲取山《くもとりやま》がだんだんに近づいてきた。

「あともうちょっとだよ」

文佐が真沙を励ます。

「ああ、見覚えがあるとこまで来た」

おみねが行く手を指さした。

「もう少しだからな」

真造は背に負うたわが子に言った。

そして……。

長かった三峯行も、ようやく終わりがやってきた。

まるで神がそこに置いたかのように、初めの鳥居が見えてきたのだ。

五

畏《かしこ》み畏み曰《もう》す……


長く尾を曳《ひ》く祝詞が終わり、小気味よく大幣《おおぬさ》が振られた。

文佐と真沙が深々と一礼する。

見守っていた真造とおみねも頭を下げた。

「これであなたも、わが三峯の族《うから》です。どうかよしなに」

神官が柔和な顔つきで言った。

おみねと文佐の父の浄観《じょうかん》だ。

「ありがたく存じます」

真沙はそう言うと顔を上げ、にこっと笑った。

「江戸へ手伝いに行ったと思ったら、お嫁さんを見つけてくるとは」

母の多映《たえ》が笑顔で言った。

「文を読んでびっくりしたぞ」

「隅に置けないな」

長兄が大浄《だいじょう》、次兄が神佐《しんすけ》、二人の兄が文佐に言う。

「いや、まさかの成り行きで」

文佐は照れたように総髪に手をやった。

ほどなく、酒器と簡単な肴が運ばれてきた。円造のお食い初めは明日にして、今日のところは労をねぎらう内輪だけの宴だ。

「よく来たねえ、円造ちゃん」

多映が孫に声をかけた。

おみねにだっこされた円造はきょとんとしている。

「こっちへおいで」

浄観が手を伸ばした。

「ほら、じいじのところへ行っておいで」

おみねが父に孫を渡す。

「おお、重いな。三峯のじいじだぞ」

浄観の目尻にいくつもしわが浮かんだ。

円造は瞬《まばた》きをしたかと思うと、次の刹那《せつな》、うわーんと口を大きく開けて泣きだした。

場に笑いがわく。

「やっぱり、おかあがいいか。よしよし」

神官は孫をゆすったが、いっかな泣き止まない。

「なら、そのへんで」

おみねが立ち上がり、わが子を再び胸に抱いた。

しばらくべそをかいていた円造は、泣き止んだかと思うとたちまち寝息を立てだした。

「ちゃんと母親をやってるんだな」

「顔つきが昔と違うぞ」

二人の兄がおみねに言った。

「そりゃ、昔のまんまだったら困るから」

と、おみね。

「おまえもいずれこうなるんだろうなあ」

真造が真沙に言った。

「そうかも」

真沙はそう答えると、あたたかいまなざしで文佐のほうを見た。

六

翌日はお食い初めの儀式が神社の奥の住まいで行われた。

膳は寺の厨でつくる。見物がてら、真造も足を運んで文佐を手伝った。

そちらは女人禁制だから、おみねと真沙は円造をあやしながら待っていた。

「お食い初めの膳はうちでもつくったことがあるけど、精進だから鯛は出ないわよね」

おみねが言った。

「鯛のかたちをした何かにするのかしら」

真沙が小首をかしげる。

「そこまで凝ったことはしないと思うけど」

おみねが笑みを浮かべた。

「あとはお赤飯と……」

真沙が指を折る。

「炊き合わせとお吸い物と香の物ね」

おみねはよどみなく答えた。

「わあ、楽しみね」

真沙は円造に言った。

「この子はまだお乳だから、食べるふりをするだけだけど」

おみねがわが子の顔を見る。

「うちの神社にも歯がための石をもらいに来る人がいました」

依那古神社のことを思い出して、真沙が言った。

「ここなら取り放題だから」

おみねが笑って答えたとき、廊下のほうで話し声がした。

お食い初めの支度が整ったようだ。

ほどなく、文佐と二人の兄が膳を運んできた。

「はい、お待たせしました」

文佐がいい声で言う。

「養い親を呼んでくる」

長兄の大浄が奥へ向かった。

一家のうち、最長老の者が養い親をつとめ、歯がための儀式を行うことになっている。ここではもちろんおみねの父の浄観だ。

「あっ、茶飯なのね」

真沙が文佐に言った。

「鯛飯は出せないから」

文佐が答えた。

「汁も茸のすまし汁で」

次兄の神佐が椀を置いた。

あとは根菜と厚揚げの炊き合わせに香の物。それに、ささげがたっぷり入った赤飯。鯛がないから華はないが、心のこもったお食い初め膳だ。

男の子のお食い初めには、朱塗りの器を用いる。この日のために新たにあつらえた器はつややかに光っていた。

ほどなく、奥から浄観と多映が姿を現した。

「なら、お父さん、よしなに」

おみねが言った。

「わたしがやるのか？」

浄観がおのれの胸を指さした。

「男の年長者の役目だから」

多映が笑みを浮かべて言った。

「箸をちょんちょんと歯がための石につけて、奥歯にちょこっと触れるだけでいいからね」

おみねが父に教えた。

「ちょっとでいいのか」

「きっと泣くから、ちょっとだけで」

「分かった。……よし、じいじのところへ来い」

三峯の神官は両手を伸ばした。

箸で触るまでもなく、祖父に抱かれるや、円造はだしぬけにわんわん泣きだした。場に笑いがわく。

「おお、よしよし」

浄観が困った顔つきであやす。

「少しの辛抱だからね」

おみねが声をかけた。

「箸の先に気をつけて」

多映が気遣う。

「ああ、すぐ済むからな」

円造の祖父はそう言うと、箸の先を黒い石にちょんとつけた。

「はいはい、いい子ね」

多映がなだめるように言って、やさしく口元に手をやる。

いくらか手間取ったが、箸は円造の歯に届いた。

「……よし」

浄観が箸を離して息をついた。

「これで丈夫な歯が生えるわ」

おみねが笑顔で言った。

「そのうち、何でも食べられるようになるぞ」

真造も笑ってわが子に声をかけた。

七

「ちょうどいい塩加減の茶飯」

真沙がどこか唄うように言った。

「ほんと、上品で心が洗われるみたい」

おみねも言う。

「赤飯もうまいな。ささげがふっくらしていて」

真造が文佐に言った。

「ありがたく存じます。仕込みをしたのはおれじゃないけど」

料理の弟子が答える。

「江戸で修業して、腕は上がったか？」

父の神官が箸を止めて訊いた。

「わん屋でいろんなことを教わったんで、宿坊の料理に活かせるはず」

文佐は二の腕を軽くたたいた。

「顔つきが引き締まってきたな」

「そりゃ、江戸で嫁を見つけてきたから」

二人の兄が言う。

ともにすでに娶《めと》っており、子もいる。三男の文佐も真沙を嫁に迎えて宿坊の厨に入る。これで三峯も安泰だ。

「あとで厨を見せてもらっていいか？」

真造は文佐に問うた。

「ええ、もちろんです。夕餉は何かつくってくださいよ、師匠」

文佐は笑顔で答えた。

「江戸の味を食べたいね」

浄観が言った。

「それは楽しみで」

多映も和す。

「承知しました。では、入っている食材を見てから、できるものをおつくりしましょう」

わんや屋のあるじがそう請け合った。

八

精進物ばかりとはいえ、山の幸は厨に豊富に入っていた。茸だけでも目移りがするほどだ。

まずは炊き込みご飯にした。

松茸、しめじ、椎茸、平茸、舞茸。それに、味をよく吸ってくれる油揚げに牛蒡も入ったにぎやかな炊き込みご飯だ。

豆腐も筋のいいものが入っていた。木綿豆腐もあれば高野豆腐もある。真造は腕まくりをして次々に料理をつくった。文佐ばかりでなく、ほかの宿坊の料理人も目を皿のようにしてそのつくり方を見ていた。

こうして、夕餉の料理ができあがった。

宿坊から神官の住まいのほうへ、膳が運ばれる。

「わあ、来たよ、円ちゃん」

座敷で円造を遊ばせていたおみねが言った。

「なかなかに豪勢だぞ」

真造が笑みを浮かべて、膳を置いた。

寺方の僧も手伝い、おのおのの前に料理が据えられる。

お櫃《ひつ》に入っているのはたっぷりの炊き込みご飯だ。それを真沙とおみねが取り分けていく。

「茸づくしで」

文佐が大鍋を置いた。

中身は椎茸の吸い物だ。昆布で取っただしに椎茸がよく合う。

「八杯豆腐は、ご飯にのせても、そのままでもおいしいです」

真造が白い歯を見せた。

「ただのご飯も用意してありますから」

文佐が言った。

「八杯豆腐かい」

浄観がいくらか身を乗り出した。

「ええ。一丁の豆腐を八つに切って使うところからその名がついたと言われています」

真造が答えた。

　水気を切った豆腐と、せん切りの人参や椎茸、隠元やしめじなどをだしで煮る。こうすれば、豆腐がもっちりとして実にうまくなる。飯にかけてもよし、そのまでもよし。精進らしいひと品だ。

「ご飯を八杯食べられるから八杯豆腐かと思ったよ」

　さっそく食してみた大浄が言った。

「炊き込みご飯もこっちもうまい」

　神佐も満足げな表情だ。

　もうひと品、射込み豆腐も運ばれてきた。

　高野豆腐に包丁を入れて袋のようにし、中に詰め物をして煮る。詰め物は水気を切ってすりつぶした木綿豆腐にひじきや椎茸や山芋などだ。口を楊枝《ようじ》でしっかり止めてから煮込み、半分に切って盛り付ける。

「味がしみてておいしいわね」

　多映が笑みを浮かべた。

「これは今後もつくってくれ、文佐」

　浄観が言う。

「もう覚えたんで」

文佐がすぐさま答える。

「食べるたびに江戸を思い出しそう」

真沙がいくらかしみじみとした口調で言った。

「ここがおまえの家になるんだからな」

それと察して、真造が情のこもった声で言った。

「うん」

真沙がうなずく。

「またいずれ、江戸へも行こう」

文佐が声をかける。

「そうね」

真沙は笑顔になった。

「そのときは、必ずわん屋に寄ってね」

おみねが言う。

「はいっ」

いつもの声で、真沙は答えた。

九

長く滞在したいのはやまやまだが、いつまでもわん屋を閉めているわけにもいかない。

翌日、寺のほうで円造の祈禱《きとう》を受けたあと、真造とおみねは三峯大権現を後にすることにした。今日の泊まりは麓屋だ。

三つ鳥居のところまで、みな見送りに来てくれた。

「なら、達者でな」

妹に向かって、真造は笑みを浮かべて言った。

「わん屋の繁盛をお祈りしてるから」

真沙も笑顔で答える。

「みんなで仲良くな」

真造は妹に言った。

すでにこの世に亡い親の代わりに、ここまでつれてきたようなものだ。そう思うと、いささか胸が詰まった。

「はいっ」

真沙はいつもの口調だった。

かたわらに文佐もいる。べつに寂しくはないらしい。

「じゃあ、今度は子連れで来て」

おみねが笑顔で言った。

「だったら、円ちゃんと逆に、わん屋でお食い初めをやります」

文佐が乗り気で答えたから、場に和気が漂った。

「待ってるよ」

真造が弟子に言う。

「なら、兄さんも達者で」

真沙が言った。

「道中、ご無事で」

多映が笑みを浮かべる。

「繁盛と平安を祈っておりますので」

浄観も和す。

「では」

真造は右手を挙げた。

その背の円造は寝息を立てている。さきほど、みなに手を握られ、いたって機嫌良さそうにしていた。

「ごきげんよう」

おみねも一礼した。

「お達者で」

「またいつか」

若夫婦の声に送られ、わん屋の夫婦は歩きだした。

しばらく進んだところで振り向くと、三峯の面々はまだ鳥居のところから見送ってくれていた。

真沙が真っ先に手を振る。

「達者でな」

真造も大声を発して手を振った。

おみねも振る。

そこから下りになる。

わん屋の二人は、何かを思い切るようにまた歩きだした。

麓屋の面々は歓待してくれた。

真造はさっそく跡取り息子の卯太郎に料理を伝授した。

あるじの仁三郎も杖を頼りに厨へ赴き、おかみのおうめに体を支えられながら見守る。

十

「小ぶりの鍋だと、かき揚げがきれいにまとまる」

真造が手本を見せた。

その手の動きを、卯太郎が食い入るように見つめる。

「あとは油をしゃきっと切れば出来上がりだ」

真造が笑みを浮かべた。

「ほら、上手ね、おとう」

料理の指南をしているあいだ、おみねは円造をあやしている。

「おめえも、やってみな」

父がうながした。

「へい」

卯太郎はやや硬い面持ちで鍋に向かった。

「そうそう、鍋の縁に当てて戻す要領だ」

真造が勘どころを教える。

「音が変わったら、もう火が通ってるぞ」

仁三郎が言う。

「揚げすぎないようにね」

おうめも言った。

「よし」

一つ気合を入れると、卯太郎は菜箸でかき揚げをつまみ上げ、しゃきっと油を切った。

上々の出来だった。

人参に甘藷に茸に大根菜。具だくさんのかき揚げは、さくっと揚がっていた。

いくつかに割り、みなで舌だめしをした。

「ああ、おいしい」

おみねが言う。

「これならいけるわね」

おうめも笑みを浮かべた。

「まあまあだな」

仁三郎は控えめな言葉だったが、その表情は満足げだった。

続いて、うどん打ちを教えた。

「うどんは粉と水と塩だけでできる。塩加減を季によって変えるのが勘どころだ」

真造はそう言うと、夏と冬の土用によって変える塩の按配を教えた。

「あとは気を入れて打ちゃあいい」

父が言う。

「へい」

卯太郎はいい目つきで答えた。

また真造が手本を示した。

「うまくなれ、うまくなれと念じながらうどん玉をこね、木鉢に打ちつけてやるんだ」

真造はそう言うと、ばしっとうどん玉をたたきつけた。

「やってみな」

仁三郎がまたうながした。

「承知で」

卯太郎が代わる。

「もっと腰を入れて」

おうめが注文をつけた。

「へい」

ねじり鉢巻きの息子が答えた。

こうして、うどんが打ち上がった。

麺の幅はいささか不揃《ふぞろ》いだが、ゆでてみると充分なこしがあった。

きのこと山菜がたっぷり入ったあたたかいうどんが座敷に運ばれる。

「うちゃあ、醤油と鰹節と昆布はいいものを使ってますんで」

麓屋のあるじが自慢げに言ったとおり、こくのあるつゆだった。

「ほっとする味ですね」

おみねが笑みを浮かべた。

「おっきりこみかうどんか、お客さんに選んでもらえばいいわね」

おうめが言う。

「夏場はざるうどんにかき揚げをつければどうかな」

卯太郎が父のほうを見た。

「おめえの好きなようにしな。おれはもう隠居だからよ」

仁三郎が穏やかな顔つきで言った。

ひと晩泊まったわん屋の一行は、翌朝早く麓屋を出た。

「なら、気張ってな」

真造は卯太郎に言った。

「気張ってやります。ありがたく存じました」

跡取り息子が頭を下げた。

「どうかお達者で」

杖を突いて見送りに出てくれたあるじに向かって、おみねが言った。

「ぼちぼちやりますんで」

仁三郎が笑みを浮かべた。

「円造ちゃんも達者で大きくなってね」

おうめが円造のほおに指をやった。

「あ、笑った」

おみねの顔がほころんだ。

真造の背に負われた円造は、たしかに笑っていた。

第九章　縁めぐり

一

「おや、無事のお帰りで」

的屋のあるじの大造が、わん屋の前で足を止めて言った。

ちょうど真造が立て札を出すところだった。

「ただいま帰りました。明日からまたのれんを出しますので」

わん屋のあるじが告げた。

「さようですか。お早いお戻りでしたね」

大造が笑みを浮かべる。

月末までかかるかもしれないという話だったが、まだ八月の二十五日だ。

「見世も気になるもので、あまり寄り道をせずに戻ってきました」

「真沙ちゃんのお嫁入りは滞りなく?」

大造が訊く。

「ええ、おかげさまで。円造のお食い初めも無事済みました」

真造は白い歯を見せた。

「それは何よりです。またよしなにお願いいたします」

旅籠のあるじはていねいに頭を下げた。

「こちらこそ」

札を返すと、真造は立て札に紙を貼った。

こう記されていた。

あすからまたはじめます
あすの中食は
　天ぷら膳
どうかよしなに
　　　　わん屋

二

「少々お待ちくださいまし」

おみねが声を張り上げた。

翌日の昼時だ。

ありがたいことに、わん屋にはたくさんの客が詰めかけていた。

貼り紙で知らせたとおり、中食は天麩羅膳だ。麓屋で伝授したかき揚げに、穴子の天麩羅を盛り合わせた膳にした。飯と茸の味噌汁、それに香の物と大根菜の胡麻和えが付く。

膳は好評だったが、手が遅れて客を待たせることになってしまった。真沙がいなくなった分、運び手が足りない。

おちさとおみねでなんとか足りるだろうと踏んでいたのだが、こういう時にかぎって円造が大泣きをする。おみねがあやさないと泣き止まないから、そのあいだの手がどうしても遅れてしまうのだ。

一枚板の席なら真造がそのまま出せるが、座敷まで運んでいく暇《いとま》はなかなかなかった。

今日の膳はことのほか手がかかる。かき揚げがまとまるまで待たねばならないし、穴子の天麩羅もそのまま出すことができない。

なにしろ円い皿しかないから、長い穴子はそのまま出せない。四つに切り、かき揚げを真ん中に据え、周りを取り囲むように盛り付けなければならないのだ。

その分手間がかかるから、とてもつくり手が運ぶわけにはいかなかった。

「おのれの分は運ぶぞ」

門人とともに足を運んでくれた柿崎隼人が、見かねて手を伸ばした。

「相済みません。助かります」

大車輪で手を動かしながら、真造は言った。

「なんの」

常連の武家と門人は、おのれの膳を運びだした。

「残り何膳ですか？」

おちさの悲鳴に似た声が響いてきた。

「……あと六、七膳」

真造が声を張り上げる。

「相済みません。こちらで売り切れで」

おちさがあわてて新たな客を制した。

「なんでえ、売り切れの札は出てなかったぜ」

「まだあると思って入ってきたのによう」

「そりゃ殺生だぜ」

客が口々に文句を言う。

「今日は人が足りぬ。文句を言うな」

柿崎隼人が食べる前に楯《たて》になってくれた。

「相済みません」

円造をやっと寝かしつけたおみねがあわてて出てきた。

「立て札を出してきます」

おちさが急いで表に向かった。

そうこうしているあいだにも、新たな客が入ってきた。どうにも間が悪い。

「相済みません。本日は売り切れで」

おみねは頭を下げた。

「なんだよ、それ」

「久々に来てやったのによう」

客は不満たらたらだ。

「相済みません。申し訳ございません」

おみねは平謝りをした。

それやこれやで、その日の中食は冷や汗のかきどおしだった。

三

「中食だけ、もう一人雇うわけにはいかないかねえ」

隠居の七兵衛が言った。

わん屋の二幕目だ。

「そうですねえ。円造がもう少し大きくなるまでは、わたしが当てにならないので」

おみねがあいまいな表情で言った。

「今日は柿崎さまに助けていただきましたが、毎日こんな調子だと厳しいかと」

真造があごに手をやる。

「でも、昼だけだと大した手間賃にもならないので、おちさちゃんみたいないい人が来てくれるかどうか」

おみねが首をひねった。

「おちさちゃんは竹箸づくりの兄ちゃんと一緒に暮らしてるから、昼だけここの手伝いをして習いごとに行ったりもできるからね」

と、隠居。

今日も後片付けが終わると、おちさは染め物の習いごとに行った。ほかに、つまみかんざしづくりも習っている。

「真沙の抜けた穴は存外に大きかったかもしれません」

肴をつくりながら、真造が言った。

秋の恵みの焼き秋刀魚《さんま》だ。

見事な尾の張りの秋刀魚を大きな円皿に盛ると余りが出るので、大根おろしに加えて、三河島菜のお浸しと人参と甘藷の煮物も添えて出す。手間はかかるが、こうすれば彩りが華やかになり、秋刀魚がなお引き立つ。

「どこぞにいい人はいませんかねえ、大旦那さま」

お付きの巳之吉が言う。

「そうだねえ。さすがにうちからは出せないが」

大黒屋の隠居が苦笑いを浮かべたとき、大皿が仕上がった。

「お待ちどおさまで」

円造を背負った真造が両手で皿を出した。

だんだん重くなってきたので、おみねが背負っていると腰が痛くなってくる。真造とて立ち仕事だから大儀だがやむをえない。

「これはおいしそうですね」

手代の顔がほころんだ。

「いろんな色が盛り合わせてある料理は身の養いにもなるんだよ」

隠居が教える。

「皿が余るので、やむなく知恵を絞ったんですが」

と、真造。

「はは、知恵は絞ると出るものだからね」

七兵衛はそう言うと、さっそく秋刀魚に箸をつけた。

その言葉を聞いたおみねの頭に、だしぬけに知恵が浮かんだ。

そうだわ。

もしそうなれば、助かるかも。

その思いつきを口に出してみると、大黒屋の主従はすぐさま賛意を示してくれた。

「いいんじゃないかね。さっそく言ってみればどうだい」

隠居が水を向けた。

「では、明日の朝のうちにでも」

真造は乗り気で言った。

「断られたら、また新たな知恵を出しましょう」

おみねが笑みを浮かべた。

四

「なるほど、中食のいちばん忙しいときだけですね？」

そう問うたのは、的屋の看板娘のおまきだった。

「ええ。勝手なお願いなんだけど、もちろん手間賃は出しますし……」

おみねはかたわらの真造のほうを見た。

「的屋さんの引札の刷り物をうちに置かせていただくなど、できることは何でもさせていただきますので」

円造を背負った真造が、ここぞとばかりに言った。

「それなら、この子の学びにもなるでしょうし」

おかみのおさだがあるじの顔を見る。

「うちは昼どきに手が足りなくなることはありませんから」

大造が鷹揚《おうよう》に言った。

「よろしくお願いします」

おまきが笑顔でぺこりと頭を下げた。

「ああ、良かった」

おみねが胸に手をやる。

「ほんとに助かります」

真造もほっとしたように言った。

「すぐ近くのわん屋さんに引札を出しても、うちにお泊まりになるお客さんはいないかもしれませんが」

的屋のあるじが笑みを浮かべた。

「それでも、刷り物が人から人へ渡れば、縁がめぐってお客さんが来るでしょう」

おみねが言った。

「縁めぐりだね」

真造がふと思いついて言った。

「ああ、それはいい言葉ですね」

すぐさまおさだが言う。

「なら、縁めぐりでいきましょう」

大造が笑みを浮かべた。

「じゃあ、明日からお願いできればと」

おみねがおまきに言った。

「はい」

的屋の看板娘は笑顔で答えた。

五

翌日のわん屋の中食は、いままで出したことのない趣向にした。

縁めぐり膳だ。

瓢簞《ひょうたん》から駒が出たと言うべきか、的屋との会話で出た「縁めぐり」がそのまま膳の名になった。

盆づくりの松蔵がていねいに仕上げた大きな円盆の真ん中に据えられているのは、あたたかいかけうどんだ。その周りに、薬味の円皿や小鉢、さらに茶飯の椀が付いている。

小鉢は大根菜のお浸しと茸のとろろがけだ。葱と海苔を刻んだ薬味のほかに、これをうどんに入れて具にしてもうまい。

「縁がめぐる、縁めぐり膳でございます」

おまきがそう言いながら盆を運んでいった。

「お、新顔だな」

「いつ入ったんだい」

「でも、どっかで見たような顔だな」

揃いの半纏の職人衆が言う。

「そこの的屋の娘なんです」

おまきが身ぶりをまじえた。

「お昼だけ手伝ってもらうことになったんですよ。……はい、お待ちで」

一緒にお運びをしながら、おちさが言った。

「ああ、道理で見かけたことがあると思った」

「そうかい。中食だけの手伝いかい」

客が言う。

「はい、どうぞよしなに。お待たせいたしました。次はすぐ運びますので」

おまきがほかの客に断って盆を置いた。

一枚板の席も盛況だった。

「はい、お待ちで」

こちらには真造が盆を置く。

「また目が回りそうな膳だな」

「上から覗くと、ほんとに目が回るぜ」

客が中腰になって言う。

「長めに切ったうどんにいろんな薬味や具やつゆがからんで、縁がめぐっていくという見立てなんです」

せわしなく手を動かしながら、真造が言った。

「なるほど。そんな深《ふけ》えわけがあるのか」

「偉《えれ》えもんだ」

客が感心する。

「ただの思いつきですよ。……ねっ」

おみねが背中の円造を見る。

「まあ、でも、この膳を食ってると、こっちにまで縁や運がめぐってくるような気がするな」

「気の持ちようだからよ」

「ありがてえこった」

客の顔に笑みが浮かんだ。

そうこうしているうちに、縁めぐり膳はすべて売り切れた。

売り切れる前に立て札を出せたから、客に文句を言われることもなかった。おまきが一人加わっただけで、格段にうまく流れるようになった。

「もういいわよ、おまきちゃん、ありがとう」

おみねが言った。

「助かったよ、本当に」

真造も和す。

「では、的屋に戻ります」

おまきは笑顔で言った。

六

おまきが手伝ってくれるようになったおかげで、わん屋の中食は滞りなく進むようになった。

わん屋からの紹介で、的屋に泊まる客も出た。もっとも、刷り物を見た客ではない。旅籠の客になったのは依那古神社の空斎だった。

真斎の弟子は、前に話があったとおり、わん屋で蕎麦打ちの修業をすることになった。うどんより蕎麦のほうがまとめるのに苦労するし、切り方も難しい。初めのうちは手こずっていた空斎だが、真造が粘り強く勘どころを教えたところ、やっとこつを覚えた。

これは峠を越えるようなものだ。ひとたびこつを覚えたら、いままで苦労していたのが嘘《うそ》のようにうまくつくれるようになる。

空斎の蕎麦打ちもそうだった。玉をまとめ、麺棒で伸ばし、細く切ってゆでる。すべて流れるようにこなせるようになった。

「これなら、依那古神社の名物になるぞ」

真造は太鼓判を捺した。

「ほんと、見違えるように上手になって」

おみねも笑みを浮かべた。

「八浄餅と蕎麦。参拝帰りの楽しみが増えたな」

真造も白い歯を見せる。

「気張ってやりますので」

若き神官はいい顔つきで答えた。

「なら、仕上げに中食の顔を蕎麦にしよう。わたしも手伝うから」

真造が言った。

「承知で」

空斎がすぐさま答える。

「また縁めぐり膳？」

おみねが問うた。

「そうだな。蕎麦はざるのほうがいいだろう」

真造は答えた。

竹細工の職人の丑之助からは、目の細かいざるもたくさん入れてもらった。これには蕎麦がうってつけだ。

ざるの周りに、つゆと薬味。さらに、小鉢と茶飯を付ける。

再びの縁めぐり膳は、またしても好評のうちに売り切れた。

七

「いよいよ来月は初めてのわん市だね」

大黒屋の隠居が一枚板の席で言った。

九月の初めの午の日だ。

わん市の舞台になる愛宕権現裏の光輪寺では、月に一度の御開帳がある。それに合わせて来月からいよいよわん市を開くため、今日はわん講のおもだった面々で下見に出かけた帰りだ。

「いかがでしたか、お寺のほうは」

おみねがたずねた。

「なかなかのにぎわいだったよ。あれならわん市にもお客さんが来てくれそうだ」

七兵衛は手ごたえありげだった。

「引札の刷り物をたくさん配りましたからね、大旦那さま」

手代の巳之吉が言った。

「競うように配っていたからね」

美濃屋の正作がそう言って、焼き松茸に箸を伸ばした。

今日はいい松茸が入っている。まずは奇をてらわず、網焼きにした。醬油を少したらし、はふはふ言いながら食べる焼き松茸は、まさに口福《こうふく》の味だ。

「巳之ちゃんと一緒に配ったら、あっという間にはけました」

お付きの信太が顔をほころばせた。

「うちのお客さんにもお配りしていますので」

と、おみね。

「なかなか仕上がらなくて気をもんだけれど、さすがは戯作者だねえ」

隠居がそう言って刷り物を指さした。

こんな文面だった。

日の本中の「わん」がそろふわん市
十月初午の日　あたごごんげんうら　光輪寺にて催さる
見逃すなかれ　この壮挙

塗椀、せともの、竹細工
果ては盆からぎやまんまで
何でもそろふ　何でも見つかる
おまけに値がとびきり安い
さあさ　見逃すなかれ

ひとたびわん市をのぞかば
かならず見つかるそのひと品
近隣みなさそひ合ふて
かならず足をば運ぶべし

「日《ひ》の本中《もと》のわんがそろうというのは、大きく出すぎのような気もしますがね」

美濃屋のあるじが少し苦笑いを浮かべた。

「値《あたい》がとびきり安いってのも、『なんだ、そんなに安くねえじゃねえか』と文句を言われそうだ」

隠居がそう言って、松茸とからすみの盛り合わせに箸を伸ばした。

浅めの円い塗椀に盛ったこの肴は酒が進む。

「わたしも行ってみたくなったわね」

おみねが真造に言った。

「十日の休みをわん市にずらすこともできるが、お客さんがとまどうかもしれないな」

と、真造。

「初回はまあいいだろう。いずれ何かわんを使った料理を出してもらえれば、華ができていいかもしれない」

隠居が知恵を出した。

「ああ、それは良うございますね」

美濃屋の正作がすぐさま言った。

「では、いずれ円造がもう少し大きくなったら」

手を動かしながら、真造が言った。

料理は次々に出た。

手代衆の小腹が空いているようなので、松茸おこわを出した。中食の膳の顔だが、二幕目にも残るように多めに炊いてあったものだ。

「おいしゅうございます」

「いくらでも胃の腑に入ります」

二人の手代は満面の笑みだった。

松茸は天麩羅でもうまい。これは美濃屋のあるじが笑顔になった。

「戯作者の先生は魚が苦手なんですが、これなら喜んで召し上がるでしょう」

正作が言った。

話を聞けば、引札の文句を思案した蔵臼錦之助《くらうすきんのすけ》という戯作者はいささか癖のある人物で、僧でもないのに生《しょう》のものは口にしないらしい。

「なら、いずれぜひ蔵臼先生もおつれくださいまし」

おみねが如才なく言った。

「伝えておきましょう。さほどの売れっ子ではないので、暇は存分にあるはずなので」

美濃屋のあるじが答えた。

「荷車のほうも段取りがついたし、あとは当日を待つばかりだね」

隠居がそう言って、松茸の天麩羅をさくっと嚙んだ。

高価なぎやまんの器を積んだ荷車が横倒しになり、品物が割れてしまっても損にならないように、周到に運び手と証文を取り交わしてある。このあたりの段取りはさすがに年の功だ。

「気張って呼び込みをやりますんで」

「こっちも負けないように」

巳之吉と信太が言った。

「ただ、じっくり静かに器を見たいお客さんも多いだろうからね。むやみに声をかけて邪魔になったらいけないよ」

隠居がやんわりとクギを刺した。

「買わずに帰るお客さんがいても、それはそれでいいわけだから」

美濃屋のあるじも言う。

「そうそう。二度三度と足を運ぶうちに、買ってみるかということになれば万々歳だ」

隠居が笑みを浮かべた。

「承知しました」

「出しゃばらないようにします」

手代衆は心得た顔つきになった。

ここで奥から泣き声が響いてきた。

「あっ、起きた」

おみねがあわてて動く。

「はいはい、いま行くよ」

円造のもとへ急ぐ。

「お母さんは忙しいね」

七兵衛が笑みを浮かべた。

「わん屋のつとめもあるので大変です」

真造が言う。

「いたわってあげないとね」

隠居の言葉に、わん屋のあるじは笑顔でうなずいた。

第十章　初めてのわん市

一

光輪寺に幟《のぼり》が立った。

いくらか冷たくなってきた風に「わん市」と染め抜かれた幟がはためく。

毎月初めの午の日だけ、秘仏の千手観音の御開帳があることは、つとに知られている。なかには毎月欠かさず足を運び、鎌倉《かまくら》時代に彫られたというありがたい仏像を拝む者もいた。

門前には稲荷寿司と二八蕎麦の屋台が出ていた。わりかた人出があるので、あきないになる。

「おや、わん市というのはお初だね」

常連客が幟を指さして言った。

「いろんなわんをあきなってるのかねえ」

そのつれが首をひねる。

「なら、お参りのあとにのぞいてみようか」

「そうだな」

そんな按配で、多くの者がわん市の幟に目をとめてくれた。

寺のほうでも案内を出してくれた。

わん市が開かれるのは、御開帳のある本堂の続きの間だ。

左、わん市

愛想はないが、いたって分かりやすい立て札を出してくれたから、場所に迷う恐れはなかった。

それに加えて、器道楽の文祥和尚が説法のあとにわん市の紹介をしてくれた。

「世が円く収まるようにという願いをこめて、わんづくりの皆さんが丹精をこめてつくられた品が、そこの続きの間であきなわれております」

和尚は身ぶりをまじえてから続けた。

「拙僧もお経を唱え、買い手に功徳《くどく》があるようにとお祈りしておきましたので、できますれば、御開帳の記念として何かお求めいただければと存じます。塗物、瀬戸物、竹細工にぎやまん、あまたの品がそろっておりますので」

文祥和尚が温顔でそんな紹介をしてくれたから、わん市にとってはまたとない追い風になった。

「なら、ちょっと見てこよう」

「何かご利益がありそうだ」

本堂での説法を聞き終えた参拝客は、ほとんどが隣のわん市に向かった。

二

「毎度ありがたく存じます」

美濃屋の正作がていねいに頭を下げた。

「大事にお持ちくださいまし」

手代の信太が風呂敷包みを渡す。

割れ物だから、油紙にきちんとくるんで渡すことにした。瀬戸物の美濃屋ばかりではない。ぎやまんの千鳥屋も同じだ。

「大変だね、信ちゃんのところは」

いくらか離れたところから、大黒屋の手代の巳之吉が声をかけた。

「しょうがないよ。こういうあきないだから」

信太が笑みを浮かべる。

「こっちもそうだよ」

千鳥屋の手代の善造が和した。

「うちは塗物だが、ていねいに扱うことにかけては同じだよ」

隠居の七兵衛が言った。

「はい」

巳之吉が素直に答える。

「わんの中には見えないしあわせが詰まってる。それをこわさないように、大事に包んでやるんだ」

隠居が教えた。

「ああ、それはいい言葉ですね」

千鳥屋の幸之助がうなずいた。

「たしかに、わんにこれからあまたの料理がよそわれ、そのたびにささやかなしあわせが重なっていくわけですから」

美濃屋の正作が感慨深げに言う。

「心をこめて包みます、旦那さま」

信太が言った。

「その心がけだね」

あるじが笑みを浮かべた。

そうこうしているあいだにも、客は次々にやってきた。

品をさっとながめて帰る客もいるが、一つ一つ吟味しながらあらためていく熱心な客も多かった。

「こちらのお皿は、お刺身などを盛ると涼やかでございますよ」

千鳥屋の幸之助がにこやかにすすめる。

「たしかに。冷奴なども良さそうだな」

いなせな男が言う。

「もちろんでございます。料理人の方でしょうか」

ぎやまん唐物処のあるじが問う。

「まあ、そんなところで。……なら、この皿を一つくんな」

客が指さした。

「ありがたく存じます」

幸之助は笑顔で答えた。

そんな調子で、品は次々に売れていった。

品のほかに注目を集めたのは、竹細工の丑之助だった。

ただ売るだけでは華がないと考え、網代編みの弁当箱をつくるところを見せることにしたのだ。

「ほう、うまいもんだね」

「見事な手際じゃないか」

細く切った竹を器用に編んで美しい網代模様をつくっていく職人の手わざは、おのずと人の目を集めた。

「修業を始めたころは、しょっちゅう親方に怒られてたもんでさ」

手を動かしながら、丑之助が言った。

「はは、みなそうやって覚えるもんだ」

「いまじゃ寝てても手が動くだろう」

客が言う。

「いや、寝てちゃさすがに動きませんや」

丑之助がそう言ったから、場に笑いがわいた。

「なら、できてるものを一つくんな」

「ありがたく存じます」

いささか値は張るが、懐具合の良さそうな者は気に入ってあがなっていく。丑之助の目論見《もくろみ》は図に当たった。

「うちもやってみれば良かったですね」

椀づくりの真次が親方に言った。

「椀は木くずが出るからな。ろくろも運ばなきゃならねえ」

太平が首をかしげた。

「ああ、たしかに難儀かも」

真次が腕組みをする。

「実演には向き不向きがあるからね」

隠居が言う。

「うちがいちばん不向きですよ」

ぎやまんの器をあきなっている幸之助がそう言ったから、わん市に和気が満ちた。

三

そのころ、わん屋では——。

中食が終わり、後片付けもあらかた済んだところだった。

「おまきちゃん、もういいわ、ありがとう」

おみねが笑顔で言った。

「はい、なら、戻らないと」

旅籠の看板娘は、いくらかあいまいな顔つきで小首をかしげた。

「わん市には行かないの？」

お運び仲間のおちさが問う。

「ほんとは行きたいんだけど、旅籠のつとめもあると思うし」

おまきは未練ありげな表情だった。

「だったら、おとっつぁんとおっかさんに掛け合ってみたらどうだい」

わん屋に顔を出した富松が言った。

妹のおちさとともに、これからわん市へ出かけるところだ。

「そうですね。じゃあ、急いで訊いてきます」

おまきはそう言うなり、ばたばたともう動きだした。

「向こうへ行ったら、何か手伝わされるぜ」

その背を軽く指さして富松が言う。

「おまきちゃんのほうが売り子向きだと思う」

おちさが言った。

「声がよく出る看板娘だものね」

おみねが言った。

「ところで、富松さんは品を出さないんですか？」

真造が問うた。

「あいにく箸は円くねえもんで」

富松が笑う。

「ついでだから、置かせてもらったらどうです？」

おみねが水を向けた。

「なら、今日は下見で、次からできれば」

箸づくりの職人は答えた。

そうこうしているうちに、的屋のおまきがまた急いでやってきた。

その顔を見ただけで首尾が分かった。

「どうだった？」

おちさがたずねる。

「今日はお客さんのお見送りもないし、あとはこちらでやるからって」

おまきが華やいだ表情で答えた。

「なら、みなで行こうぜ」

富松が白い歯を見せた。

「お気をつけて」

「行ってらっしゃいまし」

わん屋の夫婦に送られて、三人は光輪寺のわん市に向かった。

四

わん屋はほどなく二幕目に入った。

大黒屋の隠居をはじめとするわん市の面々は、遅く打ち上げにやってくることになっている。そのために、茸の炊き込みご飯などは多めに仕込んであった。

「そうか、今日はわん市か」

一枚板の席に陣取った大河内同心が言った。

「なら、行ってみますかい」

手下の千之助が乗り気で言った。

「そうだな。腹ごしらえをしたら寄ってみようぜ」

と、同心。

「へい」

千之助は二つ返事で答えた。

話はたちどころにまとまった。

「中食に出した秋刀魚の蒲焼きはまだお出しできますが」

「炊き込みご飯と豆腐汁も」

わん屋の二人が言う。

「おう、くんな」

「秋刀魚は蒲焼きでもうまいっすからね」

主従がいい声を響かせた。

「少々お待ちを。打ち上げの仕込みも万端だと、わん市の皆さんにお伝えくださいまし」

真造が白い歯を見せた。

「おう、伝えてくるぜ」

大河内同心が笑みを返した。

ほどなく、膳が出た。

小鉢は付いていないが、中食とほぼ同じだ。

「茸がふんだんに入《へえ》っててうめえ」

大河内同心の顔がほころぶ。

「牛蒡と油揚げが脇でいいつとめをしてら」

千之助も和す。

「秋刀魚の蒲焼きもちょうどいい焼き具合だ。酒が恋しくならあ」

と、同心。

「おいらは茶で」

一滴も呑めない千之助が言う。

「味噌汁がまたうめえ。具は豆腐と葱だけなのに、えらく豪勢な汁を呑んだみてえな後味だな」

同心がうなった。

「そのあたりは料理人の腕で」

千之助が真造のほうを手で示した。

「ありがたく存じます」

五

「この塗椀は竹の絵付けが上品でございますよ」

大黒屋の隠居がすすめた。

「こちらのぎやまんの鉢には金魚があしらわれております」

千鳥屋のあるじが負けじと言う。

「ほんに、美しいお鉢でございますよ」

にこやかにそう言ったのは、的屋の看板娘だった。

おちさとともにわん市に着くなり、さっそく売り子をつとめている。

ことに千鳥屋のぎやまん物を気に入ったらしく、さきほどから熱心に客にすすめていた。その働きぶりを、あるじの幸之助が目を細くして見ていた。

「目移りがするな」

「これだけ揃うとなかなかに壮観だ」

二人の客が品をあらためながら言った。

そこへ、富松が姿を現した。近くの得意先に用があったため、娘たちより遅れて着いたのだ。

「おう」

竹細工職人の丑之助が手を挙げる。

「どうだい、按配は」

富松が声をかけた。

「存外に評判でな。つくる端から売れたんで面食らったくらいで」

丑之助は満面の笑みだ。

「みんな持って行かれちまったよ」

七兵衛が言った。

「やっぱり実演にはかなわないので」

美濃屋の正作も言った。

「染め分けの塗椀でございますよ」

「ぎやまんのお皿、お安くなってます」

おちさとおまきが競うように声をあげる。

「こりゃ百人力だな」

盆づくりの松蔵が笑う。

「うちの椀も売ってくんな」

椀づくりの太平が笑みを浮かべて言った。

「はい、承知しました。木目がきれいな椀もとりどりにそろっております」

おちさはさっそくいい声を出した。

「そうそう、次からおいらの箸も出させてもらえねえかと思いまして」

富松が言った。

「箸は円くねえじゃねえかよ」

　すかさず丑之助が言う。

「夫婦茶碗を出してるんだから、組になる夫婦箸にかぎればいいんじゃないかねえ」

　美濃屋のあるじが知恵を出した。

「箸は円くなくても、よろず円くおさまる夫婦箸なら円のうちということで」

　ぎやまん唐物処のあるじが言った。

「うまいことを言うね、千鳥屋さん」

　隠居の顔がほころぶ。

「なら、次から夫婦箸にかぎって出させてもらいます。気を入れてつくりますんで」

　富松が二の腕をたたいた。

　ほどなく、大河内同心と千之助が姿を現した。

「いかがですか、旦那。縁起物なんで」

　隠居が身ぶりをまじえてすすめる。

「さっそくあきないかよ」

そう言いながらも、同心は腕組みをして品をながめはじめた。

「どうぞお手に取ってごらんくださいまし」

おちさがにこやかに言う。

「おいらは下戸だから関わりがねえけど、旦那にはちょうど良さそうな品があるんじゃないですかい」

千之助が問うた。

「おう」

大河内同心は短く答え、ある品に手を伸ばした。

ぎやまんのぐい呑みだった。大ぶりで美しい切子模様が入っている。

「こりゃいいな」

同心は笑みを浮かべた。

「ほんと、うっとりするような模様ですよね」

おまきが物おじせずに言った。

「いくらだい」

同心は千鳥屋にたずねた。

「いささか値は張りますが、旦那のご所望ですから値引きさせていただいて……

百二十文でいかがでしょう」

わん屋の中食ならおおよそ三日分だから安くはないが、この品ならやむをえない。

「しょうがねえな。買ってやろう」

同心は巾着をさぐった。

「毎度ありがたく存じます」

千鳥屋の幸之助が笑顔で頭を下げた。

「ありがたく存じます」

その隣で、おまきも弾けるような笑みを浮かべた。

六

日がいくらか西に傾いたころ、手筈どおりに荷車が来た。

売れ残った品はそれぞれの見世や仕事場に戻さなければならない。そのあたりの段取りに抜かりはなかった。

「いやあ、初回にしては大成功だね」

隠居が上機嫌で言った。

「これほど売れるとは思いませんでした、大旦那さま」

手代の巳之吉も満足げだ。

「このたびは引札代わりで、一つ二つ売れてくれればと思っていたんですが」

千鳥屋のあるじはほくほく顔だ。

「夜なべしてつくった甲斐がありましたぜ」

盆づくりの松蔵が言う。

「そのうち、ほかのところでも実演をやりましょう」

味を占めた顔で、丑之助が言った。

「うちも椀のやすりがけだけなら」

真次が親方に言った。

「なるほど。それならろくろはいらねえな」

太平が乗り気で言う。

「木目がだんだん鮮やかになっていくのを見れば、買う気になるお客さんがいるかもしれません」

真次はそんな見通しを示した。

「どんどん知恵が出てくるね」

隠居が笑みを浮かべた。

そこへ、光輪寺の住職が若い僧とともに入ってきた。

「本日のわん市、お疲れさまでございました」

文祥和尚が両手を合わせる。

「ありがたく存じました」

「和尚さまのおかげで」

「初めてにしては上出来で」

わん市の面々が礼を言う。

「お役に立てましたら幸いです」

丸顔の和尚が笑みを浮かべた。

「御礼にお好きな品をお持ちくださいまし」

光輪寺を紹介した美濃屋のあるじが手つきをまじえた。

「さようですか。では、お言葉に甘えて……」

器道楽の和尚は売れ残った瀬戸物に目をやった。

「ほほう、これが売れ残りましたか」

文祥がにんまりとした顔で手に取ったのは、小ぶりの茶碗だった。

「さすが、和尚さま、お目が高い」

美濃屋の正作が言う。

釉薬のかかり方に枯淡の味わいがある茶碗だ。姿かたちもすっきりしていて美しい。

「いささか地味なので目は引きませんが、こうして掌《たなごころ》に載せてためつすがめつしてみると、つくづくといい味わいの茶碗で」

文祥の顔がさらに丸くなった。

「どうぞお持ちくださいまし」

正作が一礼する。

「わん市らしく、最後まで円くおさまったね」

隠居が機嫌よくまとめた。

七

わん屋の軒行灯に灯が入った。

見世の中は急ににぎやかになった。わん市のおもだった面々が打ち上げに立ち寄ったからだ。

富松とおちさ、それに丑之助は長屋に帰った。品の扱いに注意を要する千鳥屋の主従も見世に戻った。おまきはもちろん的屋のつとめだ。打ち上げに参加したのは残りの面々だった。

冬場に向けて、わん屋は少しだけ普請を行い、新たな趣向を加えた。いちばん厨に近い座敷に囲炉裏を入れたのだ。こうすれば、鍋を火にかけてあつあつを食すことができる。

すべての座敷に囲炉裏を入れるのは経費《かかり》になるし、祝いごとでは邪魔になる。それに、厨から遠いところで火の不始末があったりしたら剣呑だ。そんなわけで、常に目に入るいちばん手前の座敷にだけ囲炉裏を入れたのだった。

ちょうど鍋が煮えてきた。

味噌の香りがぷーんと漂ってくる。

「おお、あちらはうまそうだな」

一枚板の席に陣取った柿崎隼人が言った。

「中身は何でしょうね」

一緒に来た門人が言う。

「具だくさんのおっきりこみ鍋です」

真造が答えた。

「おっきりこみ?」

「ええ。秩父の名物料理で、幅の広い麺を煮込んでいます」

わん屋のあるじは答えた。

「そりゃうまそうだ」

と、隼人。

「では、こちらの分はべつに土鍋でおつくりいたしましょう」

真造が言うと、一枚板の席の客の顔がほころんだ。

おっきりこみ鍋の具は、人参に大根に南瓜《かぼちゃ》に里芋に蒟蒻、それに、山芋と生姜で臭みを消した鶏団子も入っている。わん屋は玉子のつてがあるから、鶏肉も筋のいいものが手に入る。

あとは三河島菜に葱、それに、小ぶりの円天も加えた。

「なんだか宝探しみたいだね」

おっきりこみ鍋を取り分けながら、隠居が言った。

「運が向きそうです」

美濃屋の正作が言う。

「残った汁でおじやをおつくりしますので」

おみねが言った。

それを聞いて、手代衆の顔がほころんだ。

箸が進み、徳利が回った。わん市が上首尾だったから、みな笑顔だ。

「鶏団子がうまいねえ」

太平が感に堪えたように言った。

「こりゃあ名物になるぞ、真造」

真次がそう請け合った。

「冬場にはちょうどいいかと思って」

厨から真造が言う。

「この鍋を肴に呑めば、五臓六腑があったまるね」

隠居が笑みを浮かべた。

「味噌を吸ったおっきりこみ、おいしゅうございます」

「南瓜が甘くてうまい」

「円天もうまい」

手代衆は大喜びだ。

一枚板の席の土鍋も大好評で、囲炉裏の座敷と競うように平らげられていった。

「では、おじやを」

おみねが満を持して飯と玉子を運んだ。

「こりゃあ精がつきそうだな」

「胃の腑もいっぱいになりそうで」

隼人と門人が言う。

座敷の鍋にも飯と玉子が入った。

ほどなく、取り分けられる。むろん、どれも円い碗だ。

「うまい、のひと言だね」

さっそく匙を動かした七兵衛が言った。

「わん市の締めには格別です」

美濃屋の正作がうなずく。

「これで世も円くおさまりましょう」

太平が大きくまとめた。
それを聞いて、おみねと真造は目を見合わせて笑みを浮かべた。

終章　しあわせ重ね

一

「長々とお待たせいたしました」

風呂敷に包んだ箱を提げた男が一礼した。

おもかげ堂の磯松だ。

「ようやくできあがりましたので」

玖美が和す。

「まあ、ありがたく存じました」

おみねは笑顔で答えると、壁のほうを向いた。

「一緒に見ようね、円ちゃん」

わが子に声をかける。

このところ、円造は壁を背にして座っていられるようになった。そこから見世を見回し、何か面白いことがあるのか、しきりによく分からない声を発する。そのさまが愛らしく、ますますの人気者となっている。

「からくり人形のお披露目かい？」

一枚板の席に陣取っていた隠居が腰を浮かせた。

「そりゃあ、いい時に来ましたね」

油を売りに来た的屋の大造が続く。

「では」

磯松が箱を座敷に置き、風呂敷包みを解いた。

「出ておいで」

玖美がやさしく言う。

「わあ」

手代の巳之吉が声をあげた。

真に迫った茶運び人形が現れたからだ。

男の子だ。

「この子の名は？」

おみねがたずねた。

「それは、わん屋さんでつけてくださいまし」

玖美が答えた。

「われわれは人形をつくっただけなので、たましいを入れるのはわん屋さんです」

磯松が笑みを浮かべた。

「では、さっそく実演を」

用意した湯呑みに茶が入ると、玖美がからくり人形の手のひらに載せた。

「お願いね」

その声を聞いたかのように、人形はゆっくりとうなずいた。

そして、かたかたと音を立てながら、座敷の上を滑るように動きだした。

円造が目をまるくする。

「うー、あー、うー……」

人形のほうを指さして、懸命に何かを訴えようとする。

「ほう、さすがだね」

「生きてるみたいです」

大黒屋の主従がうなった。

そのとき、足音が響いて客が入ってきた。

「わっ、何でえ」

そう声をあげたのは、大河内同心だった。

「あやかしかと思ったぜ」

千之助が瞬きをする。

「やっとからくり人形ができたんです」

「湯呑みを取ってお茶を呑んでやってくださいまし、大河内さま」

おもかげ堂のきょうだいが言った。

「おう」

大河内同心が湯呑みを取り上げると、からくり人形は動きを止め、にこっと笑った。

「うめえな」

同心が茶を一気に呑み干して置く。

からくり人形はゆっくりときびすを返してもとのほうへ戻っていった。

「芸が細けえぜ」

同心が笑みを浮かべた。

「さすがはおもかげ堂」

千之助が掛け声めかして言う。

からくり人形は磯松のところまでは戻らなかった。あと少しというところで円造が出てきて、座敷を少し這《は》って倒してしまったのだ。

「はいはい、仲良くね」

おみねがあわてて言う。

「円造なりに気に入ったみたいです」

真造が笑った。

「この先も、ときどき出してあげるからね」

と、おみね。

「ああ、そうだ」

真造がだしぬけに言った。

からくり人形の名を思いついたのだ。

「この人形の名は、円太郎《えんたろう》でどうだろう」

おみねに言う。

「ああ、いいわね」

からくり人形を取り上げて、おみねが言った。

「よろしくね、円太郎」

愛らしい表情の人形に向かって言う。

「なんだか、そっちのほうが跡取り息子らしいね」

隠居がそう言ったから、わん屋に和気が満ちた。

二

それからしばらく経ったある日、美濃屋の正作が初めての客をつれてきた。

戯作者の蔵臼錦之助だ。

「冬場はやはりこれにかぎりますな」

総髪の戯作者が箸で示したのは、風呂吹き大根だった。

「味噌をたっぷり塗った大根は美味ですからね」

美濃屋のあるじが言う。

「蔵臼先生はお寺さんのほうのご出身ですか？」

精進物しか食べないという戯作者に向かって、真造はたずねた。

「いやいや、ただの好き嫌いでしてな。実を言うと、鮪《まぐろ》の赤身だけは食べられるのですよ」

蔵臼錦之助はそう明かした。

なりわいは戯作者だが、癖のある役者もつとまりそうな面相だ。夜道で出くわしたらわらべは泣きだすかもしれない。

「へえ、赤身だけですか」

おみねが驚いたように言った。

「きれいで活きのいい赤身は、なぜか食べられるのです。目の付いた魚などは願い下げですが」

戯作者はさも嫌そうに言った。

ご面相だけではなく、人柄もいささか癖がありそうだ。だからこそ戯作者がつとまるのかもしれない。

真造はそう思った。

風呂吹き大根に続いて、焼き茄子や焼き柿などを出した。戯作者がことに気に入ったのは焼き柿だった。

柿は網焼きにするとさらに甘くなる。そこへ味醂を回しかけると、そんじょそこらの菓子より甘くて美味だ。

「これは初めて食しました。口福の味ですな」

戯作者は相好を崩した。

この機とばかりに刷り物の文案を頼んでみたところ、蔵臼錦之助は喜んで引き受けてくれた。

「どうぞよしなにお願いいたします」

おみねがていねいに頭を下げた。

「ばぶ、ばぶ」

その背で円造が何か言う。

「跡取り息子も、よしなに、と」

美濃屋のあるじが笑った。

「そりゃあ、気を入れてつくらねばなりませんな」

戯作者も笑みを浮かべた。

三

翌日の中食は栗《くり》ご飯膳だった。

栗ばかりでなく、銀杏も入れてふっくらと炊き上げたご飯に、鯖《さば》の煮おろしと茸の白和えと根深汁《ねぶかじる》がつく。

その膳の列に、珍しい客の顔があった。

「おや、千鳥屋さん、中食はお珍しいですね」

円造を寝かしつけてから見世に出てきたおみねが声をかけた。

「たまには、と思いましてね」

何がなしに思うところありげな様子で、千鳥屋の幸之助が言った。

「これは次男の幸吉《こうきち》です」

かたわらにいた若者を手で示した。

「父が世話になっております」

幸吉はさわやかな口調で言った。

「まあ、それはそれは。いやに容子のいい手代さんだと思ったら」

おみねが笑みを浮かべた。

ほどなく順が来た。

「いらっしゃいまし。お座敷へどうぞ」

おまきが張り切って案内する。

その様子を見て、千鳥屋のあるじは笑みを浮かべた。

ややあって、膳が運ばれてきた。運んできたのもおまきだった。

「うまそうだな、お父さん」

幸吉が言った。

「あっ、こちらは？」

おまきが幸之助にたずねた。

「次男の幸吉です。わん屋さんへ行きたいと言うので、つれてきたんだよ」

千鳥屋のあるじが答えた。

わん市でおまきに売り子をつとめてもらったから、もう気心は知れている。

「さようですか。まきです。どうかよしなに」

おまきが頭を下げた。

「こちらこそ」

幸吉も礼をした。

「さあ、冷めないうちにいただこうじゃないか」

幸之助が箸をとった。

「どうぞごゆっくり」

おまきは笑みを浮かべて言うと、また厨のほうへ戻っていった。

「ああ、栗がほっこりしていておいしいね」

美濃屋のあるじが満足げに言った。

「鯖の煮おろしもうまいよ」

と、幸吉。

「大根おろしが鯖の癖を消してくれるからね」

「茸の白和えもいい按配で」

「気に入ったか?」

少し声を落として、幸之助がたずねた。

「ああ」

幸吉は短く答えておまきのほうを見た。

四

三峯から文が届いた。

それによると、真沙は元気に過ごしているらしい。文佐のこともしきりに記していたから、夫婦仲はむつまじいようだ。

もう一つ、嬉《うれ》しい知らせがあった。

真造が料理を教えた麓屋は活気を取り戻し、ずいぶん繁盛するようになったらしい。中風で倒れたあるじの具合もだんだんに良くなっているようだ。

「嬉しいことだね」

文を読み終えた真造が言った。

「ほんに、いいことが続いて」

おみねも笑みを浮かべた。

おめでたい話はそれだけにとどまらなかった。

次のわん講が目前に迫ったある日の二幕目に、的屋の大造と千鳥屋の幸之助がつれだって入ってきた。

「そのうち、わん講でおまきのお婿さん探しをという話があったでしょう」

大造が少し思わせぶりに切り出した。

「ええ、そのうちいい人が見つかればと」

おみねが答えた。

「実は、その用がなくなりましてね」

的屋のあるじが言った。

それを聞いて、一枚板の席に陣取っていた大黒屋の隠居が身を乗り出してきた。

「すると、いい人が見つかったのかい?」

七兵衛が問う。

「ええ。実は、手前の次男の幸吉なんですが」

千鳥屋のあるじが明かした。

「ああ、このあいだ中食に見えた息子さんですか」

真造が驚いたように言った。

「さようです。わん市で手前どものところをおまきちゃんに手伝っていただいて、すっかり気に入ってしまって」

「はは、おとっつぁんのほうが先に気に入ったわけだね」

隠居が笑みを浮かべた。

「そのとおりです。それで、せがれに話をしたんですが、初めのうちは乗り気じゃなかったんです」

幸之助が言った。

「それで中食に」

おみねが腑に落ちた表情で言った。

「そうなんです。実際にわん屋さんへつれてきたところ、おまきちゃんを見てひと目で気に入ったようで」

千鳥屋のあるじは満面の笑みになった。

「それで、今日うちに見えましてね」

的屋のあるじがいきさつを伝えた。

「だしぬけの訪問で恐縮でしたが、おまきちゃんのほうもせがれを気に入ってくれたらしく、まあそれなら話はうまく進みそうです」

幸之助は胸に手をやった。

「旅籠はせがれの大助に継がせればいいので」

的屋のあるじが言った。

「肝心のお二人は？」

おみねがたずねた。

「いまは二人で芝居を観に行ってますよ」

大造が答える。

「さようですか。そこまで進んでいるのなら、あとは婚礼を待つばかりですね」

おみねが話を進めた。

「婚礼の宴はぜひわん屋で」

真造もここぞとばかりに言った。

「ええ、それはぜひ」

「年明けにでもよしなに」

千鳥屋と的屋のあるじの声がそろった。

五

次のわん講は、ほうぼうで笑いの花が咲いた。

主役になったのは、千鳥屋の幸之助と、初めはお運び役をつとめていたおまきだった。

「千鳥屋さんにとっちゃ、娘が一人増えるようなものですからね」

美濃屋の正作が笑みを浮かべた。

「ありがたく存じます。的屋さんに快くお許しをいただいたので」

幸之助が笑みを浮かべて頭を下げた。

「なら、次のわん講で祝いの宴かい？」

大黒屋の隠居が水を向けた。

「それは年が明けてからでも。いま出見世の普請を始めたところで、見世開きは来年になりそうなので」

千鳥屋のあるじが答えた。

「そうすると、千鳥屋の出見世を？」

美濃屋の正作がそう言って、取り分けられたおっきりこみ鍋の人参を口に運んだ。

囲炉裏の座敷で大鍋が煮えている。秩父ゆかりの具だくさんのおっきりこみ鍋だ。わん市の打ち上げで好評だったので、その後も折にふれて出している。

お付き衆の分は厨でつくり、あらかじめ取り分けてから座敷に運んだ。いまは

みな競うように箸を動かしている。

「ええ。手前は隠居し、本店をすでに女房子供のいる長男に譲ります。さらに、新たな出見世を次男の幸吉と嫁のおまきちゃんにまかせようと思い立ちましてね」

幸之助が笑顔で答えた。

「まだ隠居っていう歳じゃねえですが」

椀づくりの太平が言う。

「いやいや、隠居と言っても、ぎやまん唐物の仕入れはやりますし、見世にも目を光らせますから」

「それじゃわたしと同じだよ。隠居が二人いたらまぎらわしいね」

七兵衛が笑みを浮かべた。

「では、若隠居ということで」

千鳥屋のあるじがそう言ったから、わん屋に和気が満ちた。

酒が進み、鍋の具があらかた平らげられた。

「そろそろおじやの頃合いですね」

真造がお櫃を運んできた。

「いまからおつくりします」

おみねは玉子だ。

歓声があがるなか、飯と溶き玉子が投じ入れられた。

「そろそろ余興かい？」

あらかじめ段取りを聞いていた真次が声をかけた。

「そうですね。円造を起こしてきましょう」

おみねが奥へ向かった。

ややあって、支度が整った。

からくり人形の円太郎と、わん屋の跡取り息子の円造のそろい踏みだ。

円太郎を初めて見る者も多い。余興の華にと、ここまで取っておいた。

「ほら、円ちゃん。円太郎を動かしてみようね」

おみねがやさしく言った。

寝起きの円造はいくらかぐずり気味だったが、円太郎が前に置かれると、急にぱっと表情が晴れた。

「では、湯呑みを運びます。うまく行ったらおなぐさみ」

おみねは口上を述べると、円造の手を添えてからくり人形に茶の入った湯呑みを置いた。

かたかた、かたかた……。快い音を立てながら、円太郎が動きだす。

「わあ、すげえ」

「ほんとに運んできた」

手代衆が歓声をあげた。

「次のしあわせを運んでくるみたいだねえ」

隠居が目を細くする。

「縁が結ばれて、しあわせが重なっていくんですね、この見世では」

千鳥屋のあるじはそう言うと、義理の娘になるおまきのほうをちらりと見た。

あたたかなまなざしだった。

「よし。よくできたぞ」

真造が湯呑みを取り上げて茶を呑み干した。

空の湯呑みを載せられたからくり人形が、ゆっくりと向きを変える。

「あっ、戻っていく」

「こりゃ凄《すげ》えや」

「しっかり」

声に送られて、からくり人形は着実に前へ進んだ。

「ほうら、来たよ」

おみねが言った。

円造が笑顔になる。

「ばぶ、ばぶ……」

まだ言葉にならない声を発しながら、わん屋の跡取り息子は小さな手を前へ伸ばした。

［参考文献一覧］

鈴木登紀子『手作り和食工房』（グラフ社）
畑耕一郎『プロのためのわかりやすい日本料理』（柴田書店）
『人気の日本料理2　一流板前が手ほどきする春夏秋冬の日本料理』（世界文化社）
土井勝『日本のおかず五〇〇選』（テレビ朝日事業局出版部）
山本征治『日本料理龍吟』（高橋書店）
野﨑洋光『和のおかず決定版』（世界文化社）
志の島忠『日本料理四季盛付』（グラフ社）
志の島忠『割烹選書　春の献立』（婦人画報社）
志の島忠『割烹選書　懐石弁当』（婦人画報社）
志の島忠『割烹選書　四季の一品料理』（婦人画報社）
志の島忠『割烹選書　酒の肴春夏秋冬』（婦人画報社）
料理・志の島忠、撮影・佐伯義勝『野菜の料理』（小学館）
高橋一郎『和幸・高橋一郎の旬の魚料理』（婦人画報社）
藤井まり『鎌倉・不識庵の精進レシピ　四季折々の祝い膳』（河出書房新社）
『復元・江戸情報地図』（朝日新聞社）
菊地ひと美『江戸衣装図鑑』（東京堂出版）
古川陽明『古神道祝詞　ＣＤブック』（太玄社）
Okuizome.jp
三峯神社ホームページ
埼玉県ホームページ

本書は書下ろしです。

実業之日本社文庫　最新刊

伊東 潤
敗者烈伝
歴史の敗者から人生を学べ！　古代から幕末・明治まで、日本史上に燦然と輝きを放ち、敗れ去った英雄たちの「敗因」に迫る歴史エッセイ。（解説・河合 敦）
い141

倉阪鬼一郎
しあわせ重ね　人情料理わん屋
身重のおみねのために真造の妹の真沙が助っ人に。そこへおみねの弟である文佐も料理の修行にやって来たことで、幸せが重なっていく。江戸人情物語。

く46

沢里裕二
極道刑事 ミッドナイトシャッフル
新宿歌舞伎町のソープランドが、カチコミをかけられた。襲撃したのは上野の組の者。裏には地面師たちのたくらみがあった!?　大人気シリーズ第3弾！

さ39

余非　嶋中 潤
オーバー・エベレスト 陰謀の氷壁
山岳救助隊「ウィングス」に舞い込んだ超高額依頼。エベレストへ飛び立つ隊員を待ち受ける陰謀とは!?　日中合作のスペクタクルムービーを完全小説化！

し42

朱川湊人
私の幽霊　ニーチェ女史の異界手帖
日枝真樹子は、故郷で高校生時代の自分にそっくりな幽霊を目撃することに……。博物学者と不思議な事件を解明していく、感動のミステリーワールド！

し32

田丸雅智
ふしぎの旅人
ふしぎな旅の果てにあるのは、楽園、異世界、それとも…？　世界のあちこちで繰り広げられる、旅をテーマにしたショートショート集。（解説・せきしろ）
た101

実業之日本社文庫　最新刊

知念実希人
誘拐遊戯
女子高生が誘拐された。犯人を名乗るのは「ゲームマスター」。交渉役の元刑事が東京中を駆け回るが…。衝撃の結末が待つ犯罪ミステリー×サスペンス！
ち15

津村記久子
枕元の本棚
絵本、事典、生活実用書、スポーツ評伝、写真集――人気芥川賞作家が独自の感性で選んだ本の魅力を綴る読書エッセイ。〝津村小説ワールド〟の源泉がここに！
つ31

西村京太郎
若狭・城崎殺人ルート
天橋立行きの特急爆破事件は、美由紀が店で出会った男が犯人なのか？ 疑いをもつ彼女のもとに十津川班が訪れ…緊迫のトラベルミステリー。（解説・山前 譲）
に121

東野圭吾
恋のゴンドラ
広太は合コンで知り合った桃美とスノボ旅行へ。ところがゴンドラに同乗してきたのは、同棲中の婚約者だった！ 真冬のゲレンデを舞台に起きる愛憎劇！
ひ14

南 英男
飼育者 強請屋稼業
一匹狼の私立探偵が卑劣な悪を打ち砕く！ 強請屋探偵の見城《けんじょう》が、頻発する政財界人の娘や孫娘の誘拐事件の真相に迫る。ハードな犯罪サスペンスの傑作！
み713

筒井康隆 原作
筒井漫画瀆本ふたたび
巨匠の奇想を、驚天動地のコミカライズ！ 鬼才・筒井康隆による作品に、豪華執筆陣が挑むアンソロジー第2弾。巻末には筒井自身が描いた漫画作品も収録!!
ん75

実業之日本社文庫 く46

しあわせ重《がさ》ね　人情料理《にんじょうりょうり》わん屋《や》

2019年10月15日　初版第1刷発行

著　者　倉阪鬼一郎《くらさかきいちろう》

発行者　岩野裕一
発行所　株式会社実業之日本社
〒107-0062　東京都港区南青山5-4-30
CoSTUME NATIONAL Aoyama Complex 2F
電話［編集］03(6809)0473［販売］03(6809)0495
ホームページ　http://www.j-n.co.jp/
DTP　ラッシュ
印刷所　大日本印刷株式会社
製本所　大日本印刷株式会社

フォーマットデザイン　鈴木正道（Suzuki Design）

*本書の一部あるいは全部を無断で複写・複製（コピー、スキャン、デジタル化等）・転載することは、法律で認められた場合を除き、禁じられています。

また、購入者以外の第三者による本書のいかなる電子複製も一切認められておりません。

*落丁・乱丁（ページ順序の間違いや抜け落ち）の場合は、ご面倒でも購入された書店名を明記して、小社販売部あてにお送りください。送料小社負担でお取り替えいたします。

ただし、古書店等で購入したものについてはお取り替えできません。

*定価はカバーに表示してあります。

*小社のプライバシーポリシー（個人情報の取り扱い）は上記ホームページをご覧ください。

©Kiichiro Kurasaka 2019　Printed in Japan
ISBN978-4-408-55537-9（第二文芸）